今日も放課後、遠まわり

サブロー

JN167600

STARTS
スターツ出版株式会社

We take the long way home after school.

今日も放課後、遠まわり

サブロー

illustration さがみしか

BeLuck文庫

Characters

Mitarai Tenma

御手洗天舞

東京生まれの高校二年生。
人が振り向くほどの美形だが、
自信家すぎてまともに
友達ができたことがない。
ナルシストだが性格はまっすぐで素直。
突然の田舎暮らしに
うんざりしていたところ、
素朴で優しい文と出会い、惹かれていく。

鐘月文

Kanetsuki Fumi

実家の農家を手伝う素朴な高校二年生。
田舎をこよなく愛し、誇りに思っている。
面倒見が良く誰とでも仲よくなれる。
誰にでもやさしく慕われている反面、
虫や蛇を素手でつかめる
ワイルドな一面もある。
好きな食べ物は塩むすび、
苦手なものは人ごみ。

Story

都会育ちの完璧美少年が、

東京から田舎に
転校してきた、
完璧美少年・
天舞。

はじめての
友達は、
癒やし系
男子の**文**。

田舎暮らしに
とまどう
天舞にできた、

ド田舎で**恋**に落ちた？

続きは本編で♡

目次

1　秘密の特訓、初めての友

「どうして、僕がっ、こんな目に……！」

田んぼに囲まれた夜道を、を、僕は呻《うめ》きながら歩いていた。

辺りは不安になるほど暗く、自転車を押す僕意外にひと気《け》はない。ついさっき転《ころ》んでしたたかに打ちつけた腰が、まだしつこく痛んでいる。

「ひどい、ひどすぎる！」

こんな田舎なんて来たくなかった。

人間には向き不向きがあるんだ。僕は完全に田舎に不向き。僕という素晴らしい人間は、都会で人の注目を浴びてこそ輝けるというのに。

「御手洗《みたらい》くん？」

「ひぇっ！」

そのとき、突然背後から声をかけられて、思わず変な声が出た。おばけが出たかもしれない、と思ったが、その声には聞き覚えがあった。

僕は足を止め、ゆっくりと振り返る。

「……何か?」

そこには、わずかな街灯の明かりに照らされて、僕と同じくらいの歳の少年が立っていた。彼の傍らでは毛並みのいい秋田犬がハフハフ言っている。

同じくらいの歳、と形容したものの、事実、彼は僕と同い歳だ。

全校生徒約五十人の、佐里山《さりやま》高校の二年生。

挨拶以外に言葉をかわしたことはないが、名前は確か。

「やっぱり御手洗くんだ。あ、俺、同じ高校の鐘月文《かねつきふみ》っていうんだけど」

そう言って、彼はこっちの気が抜けるような柔らかい笑みを浮かべた。

＊＊＊

この世界に、僕よりも美しい人間っているんだろうか。

これは自惚《うぬぼ》れでもなんでもなく、純粋な疑問だ。

だって、これまで生きてきた十七年で、僕よりも優れた容姿の人間に出会ったことがない。

テレビやネットで多少整った顔立ちを見かけることはあるけれど、それでも僕……御手洗天舞《てんま》のきらめくような美しさには勝てないように思う。誇張でもなんでもなく、僕はこの世に生を受けたその瞬間から完璧だった。

完璧に美しいからこそ、僕は周囲から尊ばれ、ちやほやされてきた。注目されることが大好きだ。SNSに写真を上げれば怒涛《どとう》の勢いで拡散される。読者モデルや企業コラボだってこなしてきた。

僕は見た目がいいだけではなく、文武両道を志す素晴らしき努力家なので、多少の困難は自分の力でなんとかできてしまう。天は二物を与えず、なんて言葉があるけれど、僕に関しては大サービスで七物くらい与えられているんじゃないだろうか。

そう、僕のこれまでの十七年間は順風満帆《じゅんぷうまんぱん》そのものだった。

それなのに。

「どうして、世界一美しい僕が、こんな目に……！」

時刻は午後八時三十分。僕は土まみれになった自転車のハンドルを押しながら、明かりのまばらな道路を歩いていた。

両脇にはどこまでも続く田んぼ。というかこの町……佐里山町《さりやままち》にあるものといえば、田んぼにあとは畑と山。豊かな緑と緑と緑。一番高い建物は町役場。嫌になるくらいの自然に囲まれている。僕の凛《りん》とした声の呟《つぶや》きすらもゲロゲロ声にかき消されてしまうのだから泣けてくる。

もう九月に入ったとはいえ空気はぬるく、３Ｄサラウンドで聞こえてくるカエルの鳴きで頭が痛くなった。

「ひどい……」

全身が重かった。ちなみに土まみれなのは自転車だけではない。僕もだ。三ヶ月前にスポーツブランドから「ぜひ天舞くんに着てほしい」と贈られたジャージは上下ともに無惨な姿になっている。特に膝《ひざ》と肘《ひじ》の汚れがひどい。

理由は簡単。僕が自転車に乗る練習に四苦八苦したせいだ。

「なぜ、自転車なんか練習しないといけないんだ……！」

嘆きの問いは夜へと消えていく。

でも、「なぜか」なんて僕だってわかっている。この佐里山町において、高校生の通学には自転車が必須。

しかし一体、なんの運命のいたずらだろうか。

僕は、自転車に乗れないのだ。

「どうなってるんだ、どうしてあんなにみんな簡単に乗れるんだ……」

天に愛された僕は、人生で初めてかもしれない挫折を味わっていた。

自転車の練習を始めてもう三日が経つ。母さんがあらかじめ新しい自転車を準備してくれていたのはいいが、僕は小学三年生のとき両親に「自転車に乗れるようになった！」と嘘《うそ》をついていたので、十七歳にもなって「実は乗れない」とは恥ずかしくて言い出せない。

そんなわけで、夜な夜な僕はこっそりと家を出て、自宅近くに見つけたこぢんまりとした広場で練習をしていた。しかし、この二輪の乗り物、なかなか手《て》強《ごわ》い。

車輪の幅が狭いから、体重をかけるとぐらぐらと不安定になる。そして両足を地面から離した途端平衡を失う。

こんな奇天烈な乗り物、サーカス生まれの選ばれし者しか乗れないと思うのだが、どういうわけか学校のみんなは難なく乗れている。これは全員、サーカス生まれの可能性がある。

サーカスとは無縁で育った僕には、このバランスを取るという感覚がよくわからない。進もうと思っても進む前に転ぶ。脆弱《ぜいじゃく》な電波を頼りに、インターネットで調べて「勢いが大事」という知識は得たものの、より一層勢いよく転ぶだけだった。

おかげで、今日は過去最高に土まみれだ。ついでに蚊にも刺される。僕の上質な血はさぞかし美味しいだろう。

「一体どうすれば……」

解決の糸口が全く見えない。僕はこのまま惨めに毎日往復二時間かけて徒歩登校に甘んじるしかないのか。それはそれで体力がつきそうではあるが、僕の理想とする「完璧かつキラキライメージの御手洗天舞」からはほど遠い。

へこたれそうな僕の気持ちを表すかのように、自転車がキコキコと情けなく鳴る。プライドはめしょめしょに折れて、僕は泣き出しそうだった。

そんなときに、どこからか現れた鐘月くんが話しかけてきたのだ。

「御手洗くんと学校の外で会うのって初めてだね。このあたりに住んでるの？」

「……いや、そうでもない」

鐘月くんが随分と人懐っこく話しかけてくるので、かえって警戒してしまう。

そう、鐘月文。記憶力のいい僕は当然知っている。同級生からは「ふみ」と呼ばれていたはずだ。

純朴、を形にしたような真っ黒な髪。華やかな顔立ちではないが、話しかけやすそうな愛嬌《あいきょう》がある。身長は僕よりも十センチ以上低い。

これまで僕の周りにはいなかった、どちらかといえばかわいらしいタイプだ。雰囲気が柔らかくて、よく声を上げて笑う。鐘月くんが笑うと、周りがほわっと明るくなる。丸い目がくりくりとよく動いて、その真っ直ぐな視線で見られるとどきりとする。

しかし鐘月くん、なんと学校指定のジャージのファスナーを、襟《えり》の一番上まで上げている。ちょっとダサ……いや、僕とは思想が違う。

鐘月くんは不思議そうに首を傾げると、僕の自転車に視線を送ってきた。

「自転車、どうしたの？　パンク？」

「あ、え」

これはまずい。背中に冷や汗が浮いた。

まさか自転車に乗れないので練習をしていました、なんて言えるわけがない。東京から来た完璧男子御手洗くんがそんなこともできないのか、と絶対に馬鹿にされる。

「服も汚れてるけど、大丈夫？　どこかで転んだりとかした？」

「いや！　違う、違うんだ！」

無様に転んだことを知られたくなかった。恥ずかしさと焦《あせ》りで声が裏返ってますますかっこ悪い。

鐘月くんは丸い目を瞬《また》かせて僕を見たが、その純粋な眼差《まなざ》しが痛かった。

僕は慌てて自転車のハンドルを握り直す。

「ごめん！　急いでるんだ！」

ここで颯爽《さっそう》とサドルに跨《またが》り……たいところだったが、まだ才能が開花していない僕は自分の瞬足でその場から走り去った。

よく考えたらそこで自転車に乗らない時点で怪しかったわけだけれど、その事実に気づいたのは、僕が家の玄関に倒れ込んでからだった。

翌朝、僕は日の出とともに起床し、人目を避けて学校まで歩いた。同級生たちに姿を見られたくないから朝早く出たというのに、田んぼで作業している大人たちにはバッチリ見つかってしまう。「御手洗さんとこの息子さんは早起きで偉いねぇ」なんて褒められても苦笑いで返すしかない。

誰もいない校舎には窓から朝日が差し込んでいて、涼しい空気も相まって清々《すがすが》しい。が、僕の気持ちは濁りに濁っていた。

昨晩の僕の姿を、鐘月くんは一体どう捉えたのだろう。

窓際の一番後ろの席に座った僕は、悶々《もんもん》と一人で不安と戦っていた。徐々に増えていく同級生から、ちらちらと視線を感じる。

まあ、清らかな朝日を浴びて憂いを帯びた今の僕は、この世のものとは思えないほどにきらめいているから当然と言える……と考えていたそのとき。

「御手洗くん、おはよう」

「ひいっ！」

僕の悩みの原因のうちのひとつ、こと鐘月くんが、僕のすぐそばに立っていた。全然気づいていなかったのでびっくりした。もしかして鐘月くん、忍《しの》びの末裔《まつえい》か？

「おは、よう……」

僕は昨晩と同じくらいの声量で驚いてしまったことが恥ずかしくて、軽く握った手を口元に当てたままぼそぼそと挨拶を返す。鐘月くんは少し視線を泳がせてから、僕の肩をつついて「ちょっといい?」と言ってきた。

「……まあ、大丈夫だ」

できるだけ平静を装って立ち上がったが、僕の心は千々《ちぢ》に乱れていた。なんだ、何を話すつもりなんだ、鐘月くんは。

僕たちは教室を出て、ひと気の少ない階段下の倉庫の前で立ち止まった。もうすぐ授業が始まる時間だ。そわそわと落ち着かない僕とは対照的に、鐘月くんは抑えた声で尋ねてくる。

「違ったらごめん」

「……何が?」

「もしかして、御手洗くんって自転車に乗るの苦手?」

「うぐ」

ここでさらりと「何を言っているんだ鐘月くん」と躱《かわ》せればよかったが、図星を突かれた僕はわかりやすく固まってしまった。

「やっぱり、そう？」

バレていた。なんてこった。僕の完璧さを崩す人間が現れるなんて。もうおしまいだ。

鐘月くんは僕をゆする気かもしれない。大人しそうな顔をして恐ろしい。お小遣いはあまりないからせいぜい僕のＳＮＳアカウントにゲスト出演させてあげることくらいしかできないが、まずはジャージの着方から指導したほうがいいかもしれない。

「あー、怒らないで聞いて」

「ん？」

「からかおうとか、そういう気持ちはなくて」

おそらくどんどん顔つきが険しくなっていたであろう僕に、鐘月くんは困ったように笑いかけてきた。

「佐里山に住んでるとみんな乗れるから焦っちゃうんだけどさ。でも、普段自転車を使わない都会の人だと、乗れない人も結構いるみたいだし」

前にも都会から引っ越してきた人がそうだった、と鐘月くんは静かに続けた。

自転車に乗れない人間の前例があった、と知った途端、僕も俄然《がぜん》元気が出てきた。目の前に光が差した気分だ。

そうか。自転車に乗れない、いや、乗れるようになる機会に恵まれなかったのは、都会育ちあるあるだったのか。

僕は前のめり気味に答える。

「そうなんだ。東京は電車があるから」

「うんうん」

「少し練習すればコツは掴《つか》めるはずなんだけど、僕もなかなか多忙で時間が取れなくてね」

取り繕うような言葉ばかりが口から出てくる。しかし鐘月くんは澄んだ目で僕を見つめると、大きく頷《うなず》いて言った。

「じゃあ、俺も練習付き合おうか？」

「えっ」

「一人だとバランス取るの難しいでしょ。進もうとしても倒れちゃう」

「そう！　バランスが難しい！」

どうやら鐘月くんは、適当に僕を慰めようとしているわけではなさそうだ。

僕にはわかる。自転車に苦しめられたことがある人間でなければ、こんな真剣な顔つきはできない。

「俺も中学まで自転車乗れなかったんだよね。だから、乗れるようになるまでの感覚、ちょっとわかるよ」

「……！」

「走り出しのときに、後ろを支えられるだけでも全然違うからさ」

大人しそうな顔をして恐ろしい、という前言は撤回しよう。

鐘月くん、君はなんて心がきれいな男だろうか。

佐里山町に来て乾きかけていた僕の心の砂漠に、ささやかな雨が降ってきたような心地だった。

「ぜひ、お願いしたい！」

僕は思わず鐘月くんの両手を取ると、鐘月くんが目を見開く。こうして見るとやはりくりくりくりして愛嬌のある目だ、と思いつつ、僕はハッと我に返って続けた。

「ちなみに、他の人には内緒にしてほしい」

「もちろん」

「絶対に絶対だ」

「約束するよ」

鐘月くんがくすくすと笑う。笑われたのは不本意だが、僕を馬鹿にしている、というよりは、僕たちの間にできた秘密を楽しんでいるような、ひそめた笑いだった。

「広くて練習できるところ、知ってるよ」

「頼もしいな、鐘月くん」

「どうも」

鐘月くんがまた楽しそうに笑う。そして、彼は用心深く周りを見渡してから、僕の家の近くにあるという練習場所を教えてくれた。

かつては公民館として使われていたものの、現在は空き地になっているところ。

集合時間は、完全に日が沈む前の、夜七時。

よく考えてみれば、同級生と夜に待ち合わせなんてするのは初めてかもしれなかった。

僕は幼少期から完璧すぎたので、周りの同世代も引け目を感じてか、僕に話しかけてくることはなかった。

それでも誰もが僕の容姿を褒めたたえたし、ネットに顔写真を上げれば「こんな顔になりたい」と羨まれた。高校に入ってからはネットを通じて声をかけられることも増えて、芸能関係者の知り合いだっている。

僕はそれで十分だった。自分が顔だけの男じゃないことも知っている。誰よりも僕が、僕を信じている。

だから無理に誰かと仲良くしようなんて思わなかった。友だちとか親友とか、憧れないと言ったら嘘になるが、必要不可欠なものではない、と考えている。

……確かにそうだった、はずなのだけれど。

「御手洗くん、そのまま進んで！」

「鐘月くん！　離さないでくれよ！」

夜の秘密訓練を始めて早一週間。

僕は自分の内に眠っていた自転車乗りの才能を見事開花させ、鐘月くんの支えがあればペダルを漕《こ》ぎ出せるようになっていた。

「もう離してるよ」

「え⁉」

信じていたのに裏切ったのか、と振り返ろうとしたところで、鐘月くんが「前を見る！」と、ぴしゃりと指示してきた。気圧《けお》されて前を見たまま進んでみると、自分が一人でペダルを漕いでいることに気づく。鐘月くんが用意してきていた懐中電灯が僕の足元を照らしていた。

なるほど、動き出してしまえば簡単じゃないか。さすが僕だ。

あちこちに雑草の生えた元テニスコートを、ぐるりと一周してみせると、鐘月くんは興奮したように手を叩《たた》いた。鐘月くんの愛犬ポロも、つられてぴょこぴょこと跳ねている。かわいい。ほっこりする。

「すごい！　乗れてるよ！」

「当然……」

ブレーキを使って止まったところで、鐘月くんが駆け寄ってきた。薄闇の中でも、澄んだ目がきらきらと光っている。

僕も嬉《うれ》しいが、鐘月くんは僕以上に喜んでいるように見えた。

認めよう、やっぱり鐘月くんはいい人だ。

鐘月くんが冗談めかして言う。

「悔しいなぁ。俺はまともに乗れるようになるまで一ヶ月かかったのに」

「まあ、僕は何をやらせても上手くできてしまうからね」

ふふん、と笑って乱れた前髪を直すと、鐘月くんは心底感心したように「すごいねぇ」と漏らしたので力が抜けた。

田舎育ちのせいなのか元々の性格なのか、鐘月くんは素直すぎるところがある。どうかそのまま育ってほしい。

「もう少し練習していく？」

「したい。いいかな」

「大丈夫」

しっかりと感覚を掴みたくて、僕はその後も空き地の中を自転車でぐるぐると走ってみた。乗れば乗るほど、徐々にコツが掴めてくる。

漕ぎ出しには不安が残るが、この分なら明日から自転車で通学できそうだ。

そう思うとほっとして、また力が抜けた。やっと自転車に乗らない理由をあれこれ言い訳をする毎日とお別れできる。

「鐘月くん、ごめん。遅くなった」

「全然いいよ」

腕時計を見ると、もう夜の八時になっていた。鐘月くんは「ポロの散歩のついでだし」と言ってくれたが、この一週間毎晩付き合ってくれたことは、感謝してもしきれない。

「帰ろっか、御手洗くん」

暗い道を二人で並んで帰った。僕は自転車を押し、鐘月くんはポロのリードを握って歩く。

控えめな鈴虫の声と、ポロがワフワフ言っている声だけが聞こえて、遠くに灯る家々の光が特別なもののように思えた。

遠くに来てしまったな。

嘆くわけではなく、事実としてそう思った。僕は遠いところへ来た。これまでとは全く違う場所へ。

ふと、顔を上げてみる。この町には高い建物がない。だから、空がよく見えた。

「きれいだ」

「え？」

「星がたくさん出てる」

名前の知らないたくさんの星が、広すぎる空にまたたいていた。星は数えられるものだと思っていた。東京では、まばゆいライトで隠されていた小さな星たち。

「本当だ。明日は晴れだね」

僕の隣で鐘月くんが軽やかに言う。

そうか、星がたくさん見える夜の次の日は晴れなのか。

完璧な僕でも、知らないことがある。気になったりわからないことは、ネットで調べたら大体答えが見つかると思っていたが、そうでもないらしい。

そういえば、この一週間、僕はほとんどSNSを開かなかった。佐里山町はいつだって電波が悪いから。でも、理由はそれだけじゃない。

「秘密の特訓もおしまいだね。まあ、夜もだいぶ冷えるようになってきたし」

鐘月くんの足元で、ポロが答えるように「ワフ」と鳴いた。あまりにも呑気《のんき》な鳴き声に、僕と鐘月くんは同時に吹き出す。顔を上げると、目が合った。線で繋《つな》いだみたいに。

「御手洗くん。本当によかったね」

心からそう言っているんだろうな、というのがわかる。人に自分の笑顔がどう見られているとか、そんなことを考えていない。僕にはできない笑い方だった。

練習している間、僕はこの笑顔に勇気づけられていた。僕と鐘月くん、二人だけの秘密の特訓。

僕は鐘月くんのおかげで自転車に乗れるようになった。だから、この特訓は今日で終わりだ。

明日からはこうして待ち合わせをすることもない、と気づいてしまったら、途端に落ち着かない気分になった。いつの間にか僕は、夜が来るのが楽しみになっていた。

この場所に来て、鐘月くんが「今日も頑張ろうね」と笑うのを見ると、ほっとした。僕は誰かを頼ってもいいんだってわかったから。

鐘月くんと言葉をかわして、失敗したら二人で改善方法を話し合って、上手くいったら喜び合うのが楽しかった。

明日からその時間がなくなるのが、寂しい。

「鐘月くん」

「ん？」

喉から押し出されるみたいに、僕は鐘月くんを呼んでいた。そのまま勝手に言葉が続く。

「僕は……その、御手洗くんと呼ばれるより、天舞と呼ばれたほうが嬉しい」

鐘月くんの丸い目がますます丸くなった。

いきなり僕は何を言っているんだ、と自分でも驚く。

でも、だって……鐘月くんは、他の同級生のことは名字ではなく名前で呼んでいる。僕だけ仲間はずれにされるのは納得できない。

「じゃあお言葉に甘えようかな」

鐘月くんが楽しそうに言う。

「せっかく仲良くなれたわけだし」

「う……ま、まあ」

仲良く、という言葉に少しだけ動揺した。

そして、なんだか照れくさい気分になる。ためらう必要なんかないのに、僕の声は小さくなった。

「……僕も、君を『文』と呼んでもいいかな」

「いいよ」

鐘月くんが頷く。僕は自分がハンドルをきつく握りすぎていることに気づいた。掌《てのひら》が湿っている。

「じゃあまた明日、天舞くん」

分かれ道へ来たところで、鐘月くんは手を振り去っていった。ポロがくるりと丸まった尻尾を振っている。

僕は一人と一匹の背中が見えなくなるまで、その場に立ち尽くしていた。

「おはよう、文」

翌朝、学校の駐輪場で文と会った。僕が小慣れた様子で自転車を停《と》めるのを見て、文が頬《ほお》を緩める。

「おはよう、天舞くん」

まだ暑さの残る、けれど爽やかな秋の匂いを感じる九月。

僕は世界一美しく完璧な男、御手洗天舞。

そんな僕に、友だちができた。

2　家族ぐるみの付き合い

【文 side】

都会の人っていうのは、光が当たっていなくてもきらきらしているんだなあ。

初めて天舞くんを見たとき、俺はそんな感想を抱いた。

御手洗天舞くん。

名前からして只者《ただもの》じゃないオーラがある。

天舞くんも自己紹介で「天から舞い降りたような美しさの赤ちゃんだったので、天舞といいます」と言っていた。

ちょっと意味はわからなかったけど、きっと赤ちゃんのときからきらきらしていたのは本当だろう。

天舞くんは背が高くて肌が白い。色素の薄い髪は顔を揺らすたびにさらさらと流れていた。何よりも、顔立ちが完璧に整っている。

芸能人だ、と反射的に思った。周りのみんなもそう思ったみたいで、彼が席に座るなり「御手洗くんって芸能人？」と尋ねていた。

「今は違うけど、遠からずそうなる可能性はあると思う」

天舞くんはそう答えて、得意げに笑った。ただ笑っただけなのに、そこだけ映画の一部を切り取ったみたいだった。

天舞くんはなんでもできた。彼は転校してすぐに体調を崩して一日休んだものの、すぐに復活して教室に現れた。

天舞くんはどの授業で当てられても澱《よど》みなく答えるし、体育で体力測定をしてもぶっちぎりの一位だった。規格外すぎてみんな羨むことすらできなかったと思う。

なんだかすごい人がやってきた、と俺はわくわくしていた。

佐里山高校の二年生は俺を入れても十五人しかいない。天舞くんを入れて十六人。けれど、すごいものはすごい。

天舞くんは褒められると「まあ、僕なので」と堂々と言ってのけるあたりも面白い。褒め言葉を真正面から受け止められる人はなかなかいない。

なんでもできすぎて、この高校だと退屈なんじゃないかな、と勝手に想像したりもした。

休み時間の天舞くんは、スマホを取り出してはため息をついて窓の外を見ている。この町はどこへ行っても電波が弱いＷｉ－Ｆｉを使っても頼りない。小学校からの付き合いの羽瀬川貴樹《はせがわたかき》は、いつも「カクカクしない動画が見てぇな」とぼやいている。

俺はあんまりスマホは使わないけれど、たぶん、これまで当たり前にネットでの繋がりがあった天舞くんには辛いんだろうな、と思った。俺が頑張ってどうこうできる問題じゃないものの、佐里山町が田舎であることがちょっぴり申し訳ない。

俺は佐里山町が好きだ。

けれど天舞くんがこれまで親しんできたもの……華やかで楽しいものは、この町にはない。だから、「ごめんね」って気分になる。

そうやって俺は、天舞くんを遠巻きに見ていた。

そしてある夜、ポロを散歩させていたときに、自転車を押して歩く天舞くんに会ったのだ。


「文、いつの間に御手洗くんと仲良くなったんだよ」

「えっ」

天舞くんとの秘密の特訓が終わり、一週間が経った放課後のこと。

さて帰るか、と立ち上がったところで、隣の席の貴樹から話しかけられた。天舞くんは日直で、ホームルームが終わるのと同時に教室を出ていた。貴樹の質問に、他のみんなもこちらに視線を寄越してくる。

「いつの間にか『天舞くん』って呼ぶようになってるじゃん。御手洗くんは『文』って呼んでるし」

「えーっと……」

「あと昼飯も一緒に食い始めただろ」

貴樹の言うとおりだった。

俺と天舞くんは、秘密の特訓を経て仲良くなった。……と少なくとも俺は思っている。

天舞くんも俺とよく話してくれるようになり、二人で帰ったり、昼休みには机を並べて一緒に弁当を食べるようになった。

天舞くんのお母さんは料理好きかつ手先が器用らしく、毎回お弁当の蓋を開けるとカラフルなキャラクターが現れる。天舞くんも「かわいいだろう」と毎回自慢してくるあたりが面白い。

ついでに天舞くんは俺の弁当も覗《のぞ》き込んで、「栄養バランスが完璧だ!」と褒めてくれるから照れくさい。褒められるのが上手な人って、褒めるのも上手だ。

「で、なんで?」

「それは……」

貴樹が圧力をかけてくる。好奇心で尋ねられていることはわかる。が、なんとも説明しづらい。

だって、一緒に自転車の特訓をしたから仲良くなった、なんて言ったら、天舞くんが自転車に乗れなかったことがバレてしまう。

この教室に天舞くんを馬鹿にする人はいないと思うけれど、それでも天舞くんにとっては知られたくないことだと思う。あの特訓は、俺たちだけの秘密だ。

というわけで、俺は無理やり言い訳を捻《ひね》り出すことにした。

「う-んとね、うちの家族と、御手洗くんの家族が仲良くて」

「嘘、初耳」

「まあね。まあ、それがきっかけで俺たちも話すようになったっていうか……」

俺がたった今考えた嘘なので、それ以上続かない。貴樹も訝《いぶか》しげに俺を見る。

俺って頭の回転遅いよなあ、と自分に呆《あき》れた。すると。

「そう。僕たちは家族ぐるみの付き合いなんだ」

斜め後ろからよく通る声。振り返ってみると、天舞くんが自信満々な笑みを浮かべ、腕を組んで立っていた。

驚く周囲に向けて、天舞くんは続ける。

「僕の家族はまだこの町の暮らしに不慣れだからね。だから文のご家族からアドバイスをもらってる。そうだろ、文」

「う、うん」

「家族ぐるみの付き合いだよ」

すらすらと話す言葉には説得力があった。俺が思わず「そうだっけ」と思ってしまうくらいに。

貴樹も納得したように頷く。その様子を見ながら、やっぱり天舞くんは頭がいいなあ、と俺はしみじみと感心していた。


「結構苦しい嘘をつくんだな」

貴樹からの質問を上手くかわしたあとの帰り道。

颯爽とペダルを漕ぎながら、天舞くんはいたずらっぽくそう話しかけてきた。

背筋をぴんと伸ばして、慣れた様子で自転車に乗る姿が小憎らしい。

「……本当に家族ぐるみになるかもしれないじゃん。それに、天舞くんだってのってきたし」

「僕は機転が利《き》くからな」

ウインクを決めた天舞くんは、突然何かを思いついたように、「あ」と漏らして自転車を止めた。俺もブレーキを握って止まる。見れば、子どもみたいな顔いっぱいの笑みがこちらを向いていた。

「文の家に行ってみたい」

「えっ」

「みんなにああやって言った手前、全く交流がないのはまずいと思う！」

天舞くんはそう朗々と言い放った。緑から黄色に色が変わり始めた田んぼに、声が通っていく。

そしてその響き具合が気恥ずかしかったのか、天舞くんは「んん」と咳払《せきばら》いをしてから続けた。

「だってその……と、友だちっていうのは、お互いの家を行き来するものだろ」

「まあ、そうだね」

友だち、という響きがくすぐったい。嬉しさと照れくさい気持ちをごまかすようにさらっと答えると、天舞くんはぱっと顔を輝かせた。夕方なのに、日中の太陽のように笑顔が眩《まぶ》しい。

天舞くんを家に呼ぶ、と考えたらちょっと気が引けた。だって、うちには元気な家族がいるだけで、おしゃれなものも楽しいものもない。

「おもてなしとか、できないけど……」

「しなくていい！」

やや前のめり気味に天舞くんが言う。自転車が軋《きし》んで、俺たちの間を風が通った。まだ夏の青さを纏《まと》った、柔らかな匂い。

「そ、それが友だちってものだろ」

ぼそぼそと言う天舞くんの頬は、心なしか赤く見えた。

俺の家族は七人家族。父方の祖父母と両親、小三の妹と小二の弟。

その家族構成を伝えた途端、天舞くんは驚愕《きょうがく》の表情で「大家族スペシャルとかに出られるんじゃないか？」なんて言ってきた。

天舞くん。すみませんが、七人家族はそこまで大家族じゃないです。

そんなわけで、俺は天舞くんを家に招待することになった。

「いきなりお邪魔してすみません」

「あらぁ」

居間の電気が点《つ》いているのを確認してから天舞くんを招き入れると、まずはばあちゃんが出てきた。天舞くんを見るなり、ぽかんと口を開けている。

気持ちはわかる。天舞くんって、顔が整いすぎて後光が差している。

続いて、妹の花《はな》が居間から飛び出した。天馬くんを認めた瞬間、元々大きな花の目がぎょっと見開かれる。

「イケメンだ……！」

「やあ、お嬢さん」

「お兄さん、芸能人⁉」

最近難しい名前のアイドルにはまり始めた花にとって、アイドル以上に整った容姿の天舞くんの登場は衝撃的だったかもしれない。一方の天舞くんは、かっこつけて前髪をかき上げている。

「すごい、かっこいい！」

花はそう言ったきり動かなくなって、それから今度は弟の紘《ひろし》がやって来た。こちらも「ゲーノージン！」と騒ぎ出し、とどめとばかりにじいちゃんと母さんが出てきて目を丸くする。

「……文」

「はい」

「君のご家族は審美眼に優れている」

「どうも」

嬉しそうにしている天舞くんをちらりと見てから、俺はみんなに「俺の友だちの御手洗天舞くん」と紹介した。

いつもは自由に暮らしている家族は、珍しく声を揃《そろ》えて「友だち……」と俺と天舞くんの顔を見比べた。何がどうなってこの二人が友だちに？　とみんなの顔に書いてある。

つり合わないのはわかっているが、家族にそこまで露骨に振る舞われるとは思わなかった。

「友だち、です」

そういえば、俺が友だちを家に連れてくるなんていつぶりだろうか。小学生の頃まではよく学校の友だちを呼んでいたけれど。

首を捻る俺の隣で、天舞くんは「御手洗天舞です」とやたらといい声で言った。

いきなり連れてくるのはまずかったかなぁ、という俺の心配は杞憂《きゆう》に終わり、天舞くんはあっさりと我が家に受け入れられた。

「ああ、御手洗さんって東京から来たっていう！　息子さんがとってもかっこいいって噂《うわさ》になってたんだよ」

「どうりで垢抜《あかぬ》けていると思ったわ。素敵ねぇ」

「ありがとうございます。素敵、かっこいいとよく言われます」

特に花と紘の懐き具合は俺が呆気《あっけ》に取られるほどだった。天舞くんの腕をぐいぐい引っ張って居間の座卓に座らせ、互い違いに話しかける。

「ねーねー、てんまくんってモデルさん？　アイドル？」

「当たらずとも遠からず、といったところかな」

「なんか難しい言葉知ってるね！　東京のどこから来たのー？　あ、おむすびパーティーする？」

「こら。花、紘」

両腕を引かれ続けて、天舞くんは振り子のように揺れていた。困らせているんじゃないかとヒヤヒヤしてしまう。

けれど天舞くんはにこやかなままで、紘に顔を近づけてこそこそと尋ねた。

「おむすびパーティーとは？」

「えっとねぇ、みんなで好きなもの入れて、みんなでおむすびを食べるの」

楽しいんだよ、と続けた紘に、天舞くんは真剣な顔を向けた。

「それはいい。どちらのおむすびがおいしいか、勝負をしよう」

「する！」

「花もする〜！」

「………」

俺が呆気に取られている間に、母さんとばあちゃんは食卓におむすびの具材を並べ始めた。

ボウルに盛られた炊き立てのご飯。うちの田んぼでとれたものだ。

続いて、具材となるたらこや梅干し、こんぶやツナ、卵焼きに海苔《のり》、大葉やごま塩なんかが次々と現れる。

ぼんやりしているのは俺だけで、家族はみんな食卓に着き、めいめいボウルから茶碗《ちゃわん》へとご飯を移していた。ラップを敷いて、そこで思い思いのおむすびを握る。うちの家族が時々開催する、おむすびパーティー。

「花がてんまくんに作ってあげる〜！」

「ずるい！　紘も〜！」

「じゃあ僕は二人に作ろうかな」

すんなりと馴染《なじ》んだ天舞くんは、なぜかお寿司の形のおむすびを作り始めた。その上に具材を乗せて、花と紘にそれぞれ差し出す。

二人はぱちくりと瞬きをしたあと、同時に「何これ～！」と笑い出した。天舞くんが胸を張って言う。

「僕はお寿司が好物なんだ。だからお寿司型にした」

「……斬新だね」

「文にも作ってやろうか？」

冗談で聞かれたのかと思ったけれど、天舞くんを見たら花と紘に負けないくらいにわくわくした顔をしていたので、俺は小さく笑って答えた。

「お願いしようかな」

「てんまくん！　おすしおむすびもう一個作って！」

「いいとも。順番だ」

今度は寿司職人顔負けの動きでおむすび……なのかお寿司なのかわからない

けれど、とにかく手を動かし始めた天舞くんに、花と紘はすっかり心を奪われてしまったようだった。

隣に座る母さんとばあちゃんが、「気さくで面白い子ねぇ」とけらけら笑う。なぜか俺が誇らしくなる。

そう、天舞くんは気さくで面白い。たくさんのことを知っているし、とても正直で誠実だ。

「文！　僕の特製だ」

「ありがと、天舞くん」

お寿司型のおむすびが、俺の皿の上に載せられる。卵焼きの上にたっぷりのたらこ、器用に細く切った海苔で帯が巻かれている。

「おいしいだろ」

「まだ食べてないよ」

「そうだった」

笑い声が絶えない食卓に、俺はこっそりと笑った。

斬新な形のおむすびはおいしくて、お腹を満たしてくれる以上に、胸が温かかった。

＊＊＊

結局、天舞くんがうちの家族から解放されたのは、炊飯器が空《そら》になってしまってからだ。

外に出るとあたりは真っ暗で、月も見えなかった。新月の夜だ。

俺は途中まで天舞くんを送ることにして、自転車に跨った。

しゃりしゃりとタイヤが鳴る音の中、二台分の自転車のライトだけが行先を照らしていた。涼しくなった夜風が気持ちいい。

「かつてないほど満腹だ」

ふう、と息を漏らしながら天舞くんが言った。

花と紘のお手製おむすびをたらふく食べさせられていた光景を思い出して、

苦笑する。

「ごめんね、花と紘がはしゃいじゃって」

「いや、楽しかった。僕は子どもと遊ぶのが得意みたいだ」

またひとつ特技を見つけてしまった、と呟く天舞くんは嬉しそうだ。

聞けば、天舞くんはこれまでほとんど子どもと接したことがないらしい。初めてであれだけ花と紘の心を掴むなんてすごい。ノリがあの二人と合うのかも、と一瞬失礼なことを考えた自分を、密かに反省する。

不意に、天舞くんが口を開いた。

「文のお父さんは、仕事で遅いのか？」

それは自然な問いだった。夕食の最後まで、父さんは現れなかった。俺だって天舞くんの立場だったら同じ疑問を抱く。

けれどわずかに胸はちくりと痛んだ。痛む理由からは目を逸《そ》らして、俺はできるだけ淡々と答える。

「……父さんは、入院してる。肺が悪くて、調子がいいときは帰って来れるんだけど」

天舞くんが言葉に詰まったのがわかる。

優しくおおらかな父さんは、俺が中学二年のときに肺に病気が見つかった。穏やかな性格はそのままに、けれど身体は随分痩せた。すぐに命に関わるような病気ではないと聞いているが、今も入退院を繰り返している。

天舞くんに気を遣わせちゃうのは嫌だな、と思いながら俺は続けた。

「父さんがいない分、俺がしっかりしないといけないんだけど」

じいちゃんもばあちゃんもまだまだ元気だ。母さんも決して悲観しているわけじゃない。

でも父さんの代わりに、俺がもっとしっかりしていたら、みんな安心するんじゃないか、って思う。

俺って頼りないから、という言葉は呑《の》み込んだ。そんなことを言われたって、天舞くんが反応に困るだけだ。

「しっかりするって、結構難しいんだよね」

花と紘があんなに楽しそうにしているのを見るのは久しぶりだった。お腹を抱えて笑って、天舞くんの腕に絡んで思いっきり甘えて。

きっと普段の二人は、いつも注意してばかりの俺に遠慮してるんだろうなって、そう思ってしまった。

「そうか？」

「え？」

天舞くんがブレーキをかけて止まった。俺がそれにならうと、真っ直ぐな視線が飛んでくる。辺りは暗いのに、天舞の瞳はよく見えた。

「文はしっかりしてるだろ」

「いや、そんなことは……」

「僕が言うんだから間違いない。文はしっかりしてる。花ちゃんや紘くんの面倒をちゃんと見てる。家事の手伝いだってしているし、僕が帰るタイミングも考えてくれていただろ」

「…………」

それだけしかやってないよ、と心の中で思う。けれど天舞くんは、俺の「それだけ」を認めてくれる。

褒められるのが上手な人は、褒めるのも上手い。

そして褒められたら、その気持ちは素直に受け止めたほうがいい。

「ありがとう」

天舞くんの目を見て、俺はそう答えた。天舞くんはきっと、お世辞なんて言わない。だから今差し出された言葉は本物だってわかる。

「僕には及ばないけれど、文はデキる男だな」

「天舞くんに追いつくのって、きっと大変だよ」

「でも自転車の腕前は文のほうが上だ」

涼しさをはらんだ風が吹いて、天舞くんの髪を揺らした。細い糸が夜にひらめいているみたいだった。

俺の隣にいるのが不思議に思えるくらい、天舞くんはきれいだ。

「……ところで、文」

べっこう色の瞳が、俺を見る。

「今度は文がうちに来ないと『家族ぐるみ』にはならない」

天舞くんの声は、少しだけ上擦《うわず》っていた。照れてるのかな、と思ったら笑いそうになった。

「いつなら行ってもいい？」

顔を覗き込んで聞くと、天舞くんは驚いたように瞬きをした。

それから、頬が緩んで笑みが現れる。

「明日でもいいぞ」

「明日？　急だなあ」

「あさってでもいい」

「どうしようかな」

なんでもできてしまう天舞くん。でも、いい意味で完璧じゃない。

「嘘。じゃあ明日、遊びに行かせて」

俺はそれが、嬉しいと思う。

3　完璧よりも欲しいもの

近ごろの僕は絶好調だ。

唯一の欠点だった自転車を克服、そして新米や旬の野菜で肌と髪はつやつや。順応性もずば抜けているので、新しい友だちができて学校にも馴染んできた。

十月に入り、佐里山町を囲む山々は徐々に色を変え始めた。紅葉、という言葉は知識としては知っていたが、実際に緑から赤や黄色に変わっていく様子を見ていると、自分の中身まで色鮮やかになった気分になる。

スマホを取り出してカメラを構えてみたけれど、目で見るより美しくは撮れなくて断念した。悔しい。今度一眼レフでも買おうか。

雨上がりの朝の山には、綿飴《わたあめ》を引き延ばしたような薄い雲がかかっていた。田んぼの脇を自転車で走る。相変わらず電波は悲しいほどに弱いが、あまり気にならなくなってきた。

「天舞くん、おはようさん」

「おじいさん、おはようございます！」

田んぼの脇を自転車で走っていると、文のおじいさんから声をかけられた。先日稲刈りを終えたばかりの田んぼの真ん中で、藁《わら》を小脇に抱えてこちらに手を振っている。

「また遊びにおいでな」

「わかりました！　お邪魔しますね！」

片手運転はルール違反、と思いつつも、僕も手を振り返す。文のおじいさんは顔をくしゃくしゃにして笑った。こちらまで気分がよくなる笑い方だ。そんなところは、文とよく似ている。

初めて文の家を訪ねてからというもの、僕と文はより友だちらしくなった、と思う。花ちゃんと紘くんは素直でかわいいし、お母さんは明るく楽しい。おばあちゃんとおじいちゃんはひたすらに優しい。秋田犬のポロまで僕を見ると尻尾を振る。

何よりも、みんな僕を手放しに褒めてくれるのが嬉しい。僕のことは遠慮せずにどんどん褒めてほしい。

先日、名実ともに「家族ぐるみ」になるため、僕は文を自分の家に招いた。僕たちの住む貸家は、古いが広さはある平屋だ。掃除好きの母さんのおかげでいつも清潔だし、ちゃっかり役場へ勤め始めた父さんが家庭菜園に手を出して庭先も賑《にぎ》やかになった。

僕が文を家に連れて行くと、母さんと父さんはかつてないほどに大喜びしていた。父さんにいたっては柱にもたれかかって「あの天舞がなぁ」と涙ぐんでいた。一体なぜ。

「天舞くんの家って」

「ん？」

「なんていうか……みんな、輝いてるんだね……」

文は僕の両親の顔を見るなりそう呟いていた。確かに、僕ほどではないにせよ、母さんも父さんも背が高いし、顔立ちが整っている。

僕は文の肩をぽん、と軽く叩いて微笑みかけた。

「文には文のよさがある」

「それ、褒めてるんだよね？」

「当たり前だろ」

文は僕の言葉に吹き出して、顔いっぱいの笑顔を見せた。文の笑い方は、人の心をほっこりと温かくする効能がある。

文はじっと目を見て話を聞いてくれる。僕が話す言葉の一つひとつを取りこぼさず、「そうなんだ」「すごいねぇ」と表情をころころ変えて相槌《あいづち》を打つ。

そんな反応をされると、こちらももっと話を聞かせたくなる。これまで通っていた学校ではなかったことだ。僕の美しさをカメラに収めようと遠くからシャッター音を鳴らす生徒はたくさんいたけれど、こんなに真正面から話を聞いてくれる相手はいなかった。

「文は人の話を聞く天才だと思う」

「何それ。初めて言われた」

天舞くんが人に話す天才なのかもよ、と続けられて、また心が温かくなる。

人とおしゃべりをするのは楽しい。自分が予想したとおりの反応が返ってくることもあれば、思いつきもしなかった考えが戻ってくることもある。

新しい楽しみの発見。僕はまたひとつ賢くなってしまった。

そして文と話せば話すほど、その口から「すごいね」を引き出したくなる。

「僕はよく読者モデルもやっていたから、学校にファンが押し寄せて大変なこともあったんだ」

「そうなんだぁ。天舞くん、かっこいいもんね」

「ま、まあな」

放課後、僕は文に出された数学の課題を手伝うため、一緒に教室に残っていた。

文は数学が苦手らしい。授業中も先生に当てられるとこの世の終わりのような顔をする。だが今は、どんな教科でもこなしてしまう僕の教えをしっかり理解して、ほぼすべての問題を解き終えていた。

というわけで、僕は文に、僕が東京でいかに華麗なる生活を送ってきたかを話して聞かせていた。この町からほとんど出たことのない文には新鮮だろう、と考えて。

いつも通りにこやかな文に、僕は「ふふん」と笑って続ける。

「そしてこれは読者モデルとしては異例なんだが、僕は芸能関係者しか参加できないパーティーに参加したこともある！」

「芸能関係者」

「そう。あちこちの事務所から声をかけられているんだ。高校のうちはできないとお断りしているけれど、ゆくゆくは僕もどこかに所属して活動するかもしれない」

「天舞くんならあっという間に有名人になっちゃいそうだねぇ」

ほう、と感心したように文が息を漏らす。そうだろう、と胸を張りたいところだったが、想定以上にすんなりと受け入れられてしまって拍子抜けだった。

いや、褒めてもらっているのに拍子抜けというのも変な話なんだけれど。

たとえば、話の相手が文以外の同級生だったら反応は違っていただろう。僕に羨望の眼差しを向け、御手洗天舞はすごい奴だ、と驚くはずだ。

けれど文は僕の言葉を受け入れるだけだ。それならば文に羨んでほしいかというと、そうでもない。

自分でも考えがまとまらず、僕は半端な笑みを浮かべたまま動きを止めた。

すると。

「あれ、御手洗くんと文くん、まだ残ってたんだ」

同級生の萱野《かやの》さんが教室へ入ってきた。今日は彼女が日直だったから、先生の仕事を手伝っていたのかもしれない。

止まったままの僕の隣で、文が柔らかな声で答える。

「うん。数学の課題を手伝ってもらってた」

「文って本当に数学だめだよね」

呆れた様子でそう言って近づいてきた萱野さんに、文は照れたように笑う。

小学校からほとんど持ち上がりだという佐里山高校の二年生のメンバーは、男女関係なく仲がいい。

「………」

僕は会話を続ける二人から目を逸らした。

喉のあたりが詰まったようになって、なんとなく苦しい。

薄々気づいていたが、気づかないふりをしていた。

文は、誰にでも優しい。

相手が僕だから笑いかけてくれるわけじゃなくて、相手が誰であっても、優しくにこやかに接するんだ。

＊＊＊

文と話したあとはいつも晴れやかな気分で帰れるのに、今日の僕はちょっと様子がおかしかった。家に着いても胸のあたりがもやもやして、一向にすっきりしないのだ。ベッドに仰向けになって安静にしていても、どうにも状態は好転しない。

「まさか、何かの重い病……⁉」

ハッとして胸を押さえてみるが、よく考えると痛いわけではない。僕は神に愛されているので、内臓まで完璧にできているはずだろうし。

けれど、だとしたらこの状態はなんなのだろう。

身体を起こして腕を組む。気持ちがすっきりしないという状態はよくない。気分を変えなければ、と僕はスマホを手に持った。

「………」

相変わらず電波は脆弱。都会の華やかな生活を見せられてしまうSNSも、しばらく開いていない。

しかし僕は「たまには気分転換に見てもいいか」と思い、SNSを開いた。数字で示される反応の数は見なかったことにして、この街に来たばかりのころの写真を選ぶ。

青々とした山を背景に、僕が憂いを帯びた微笑みを浮かべている一枚だ。この写真を撮ったとき、僕は「こんな場所でも頑張っているよ」というコメントを付けて投稿するつもりだった。しかし、ちょうどその場所が圏外だったから諦めたのだ。

その他に、僕の自撮りはない。毎日じっくり鏡を見て自分の顔を観察しているが、「ファンに見せるための僕」はあまり意識しなくなった。意識しなくても、僕は飛び抜けて美しい。

ふと思いつきで、なんのコメントも付けずにアップロードしそこねていた写真を投稿してみた。すると、まだ数秒しか経たないうちに、反応の数が増えていく。

かっこいいとか、顔面が強いとか、天舞様とか、背景と顔がちぐはぐすぎて合成に見えるとか。

褒められるのはやっぱり気持ちがいい。それなのに、以前のように満たされいく感覚がない。穴の空いたバケツに水を注いでいるような、手応《てごた》えのない賞賛。この画面の向こうにだって、生きた人間がいるのに。

――むなしい。

そんなふうに感じた自分に驚いた。この町に来る前の僕は、押し寄せる反応を誇りに思えていたはずなのに。そのとき。

「う、おわっ！」

突然画面に現れた「文」からのメッセージの通知に動揺して、僕はスマホを落としそうになった。

ぶつかる寸前で捕まえたが、危うく僕の顔に傷がつくところだった。

それにしても、文から連絡なんて珍しい。信じられないことに、文は普段、ほとんどスマホをいじらないのだ。現代人とは思えない。

文はゲームもSNSにもまるで興味がない。写真フォルダにはぶれぶれのポロの画像しかなかった。だからフォルダを賑やかにするために僕の自撮りをサービスで入れておいた。ポロもかわいいが、僕だって負けじとかわいい。

「『天舞くんへ』……」

絵文字も何もない、飾り気のない文章を、僕は食い入るように何度も読み返した。

「てんまくん見て！　紘のお芋おっきいよ！」

「花のほうが大きい～！」

「二人とも。悪いが、僕が掘った芋が一番大きい」

「え～！」

次の土曜日。僕は文からの誘いを受けて、鐘月家の畑で芋掘り大会……ならぬさつまいもの収穫の手伝いをしていた。

学校で言うのを忘れそうだから、という理由で文は珍しくスマホでメッセージを送ったそうだけれど「文字を打つのに時間かかっちゃって」と照れる文の姿を見るとむずむずした。僕はやはり何かの病気なのでは。

「てんまくん！　これ大きいんじゃない？」

ふかふかの土を一心に掘っていくと、黒に近い色をしたさつまいもが顔を出す。スーパーの店頭で見せる姿とは全く違う。

実際に目で見て、手で触れて重みを感じて初めて、僕は芋が土の中で育つという常識を思い出した。

「お、確かに。でもこっちも大きく見える」

「じゃあこれ花のにする！」

「花、ずるい！」

「けんかはだめだぞ」

収穫の手伝い、といっても僕は花ちゃんと紘くんと掘った芋の大きさバトルをしているだけで、僕たちの後ろでは主力メンバーの大人たちが黙々と収穫を進めていた。もちろん文は主力のほうだ。

「花、紘。天舞くんの言うとおり。けんかはだめです」

二人の騒ぎを聞きつけた文が、わざと険しい顔を作って近づいてくる。花ちゃんと紘くんは「やば」と素直に大人しくなったが、文は元々が優しい顔つきなので、怒ってみせても全然怖くない。

むしろ無理をして叱っている空気が出ていて面白い。それに。

「文。ここ、土がついてるぞ」

「土？」

文の鼻の脇が土で汚れていた。文はすぐにそれを拭こうとして、けれど自分が土まみれの軍手を嵌《は》めていることに気がつき、恥ずかしそうに笑った。

「どうしよう」

文の顔がほのかに赤くなる。出会ったころよりも少し伸びた癖っ毛が頬を撫《な》でていた。

照れて肩をすくめる文の姿を見て、僕は無意識のうちにぽつりと漏らす。

「かわいい」

「え？」

「えっ？」

文に聞き返されて、僕も思わず大きな声が出てしまった。文が不思議そうに瞬きする。今度は僕の顔がじわじわと熱くなる番だった。

かわいい、ってなんだ。

顔に土がついた同級生を見て、なぜそんな言葉が出るんだ。

いや、文は顔立ちはぼんやりしているが、かわいいかかわいくないかで言えばかわいいほうで……いやいやいやいや、一体何を考えているんだ。僕は混乱したまま口を開いた。

「文、今のは」

「てんまくん、肩にでっかい虫がついてる！」

「む⁉」

紘くんの発言に、僕は全身を強張らせた。虫。それもでっかい虫。気のせいか左の視界の隅でもぞもぞと何かが蠢《うごめ》いている気配がする。質量と体積を感じた。

「ひっ……！」

完璧な僕だが、虫とは仲良くなれる気がしない。正直なところ、芋掘り中にも時々、小さな虫がひょっこり出てきたのにも結構ぞっとしていた。なぜあんなに足があるんだ。

そしてそんな不可解な存在が、僕の肩に。

取ってあげる、と後ろから紘くんが手を伸ばしてきた。鐘月家の人々はなんて心強いのだろうか……と思った瞬間だった。

「ほら、でっかい！」

「うぉあ⁉」

紘くんはなんと、手で掴んだその虫（直視はできないが足の数は僕よりも多かった）を僕の眼前に突きつけてきたのだ。

僕は悲鳴を上げてのけぞり、その反動で大きくバランスを崩した。そして。

「うごっ！」

ごろん、とその場にひっくり返ってしまった。

見上げた先に広がる空が青い。下が土だったからまだよかったものの、それでも腰がじんと痺《しび》れた。身体を起こすとあちこちが土まみれになっている。文の顔の汚れを指摘できる状況じゃない。

「天舞くん大丈夫⁉」

「あ、ああ……」

すかさず文が僕の前にしゃがみ込む。紘くんはびっくりしたのか、目をまん丸にして僕を見ていた。すでに正体不明の虫はいなくなっている。

「びっくりしただけなんだ。虫が、大きくて」

僕は苦笑いを浮かべてそう言った。だって本当にそうだったから。

文はしばらく僕を見つめていた。そして突然、「ぶっ」と噴き出して、そのまま楽しそうに声を上げて笑い出した。

「もう。びっくりしすぎだよ、天舞くん」

屈託のない笑顔だった。悪意なんてこれっぽっちもない。

でも僕は上手く笑えなかった。文に、遠回しに「虫なんかで驚くなんて」と言われた気がした。

「……………」

「天舞くん？」

途端に恥ずかしくなった。顔は熱かったが、心臓は凍ったように冷えている。

「ごめん、僕は帰る」

「え？」

「用事を思い出した」

僕は立ち上がり顔を逸らした。文が戸惑っているのがわかる。でも、これ以上ここにはいられなかった。

――僕は、なんてかっこ悪いんだ……！

御手洗天舞は生を受けた瞬間からきらめいている完璧男子で、二十四時間三百六十五日かっこよくあるべきだというのに、虫に驚いてひっくり返るなんて。

絶対あってはいけないことだ。土まみれなのは前の自転車のときと同じだったから百歩譲ってまだいいとしても、今回のはだめだ。

「じゃあまた」

何も言わない文にそれだけ告げ、ついでに鐘月家の皆さんにも「それでは」と頭を下げて、僕は楽しかったはずの芋掘り会をあとにした。花ちゃんと紘くんが僕を呼んでいたが、僕の頭は「恥ずかしい」と「みっともない」でいっぱいだった。

文に、かっこ悪いところを見せて笑われてしまった。

消えてしまいたい。

生まれて初めてそう思った。

どんな困難も乗り越えられる僕だけれど、文に情けない姿を晒《さら》してしまったことは、どうしても耐えられそうになかった。

週明けの月曜日。僕はこの上なく重い心を抱えて登校した。

嫌なことは眠れば忘れる、と信じてきたが、眠るたびに「天舞くんって本当はダサかったんだね」と文に幻滅される夢ばかりを見た。

もし現実でも文からそんなことを言われたら、僕の肌に人生初のニキビができるかもしれない。

「天舞くん、おはよう」

「……おはよう」

いつも通りの時間にやってきた文が声をかけてきてくれた。が、その表情はどこかぎこちない。満点の笑顔ではなくて曇りのある笑顔。口の中でいくつもの言葉が転がっているが、外には出ない。

なんというか、これはたぶん「気まずい」ってやつだ。

「あの、天舞くん」

「文、ごめん。トイレに行ってくる」

「そ、そっか」

ざらついた雰囲気に耐えかねて、僕は席を立った。肌に感じる文の視線。それも振り切って廊下を進み、ひとりトイレへ入った瞬間、僕は深くため息をついた。

「僕は、何をしているんだ……⁉」

鏡を見れば、苦悶《くもん》に満ちた美しい少年がこちらを見ていた。今日もきめ細やかな肌だ、と感心してすぐに「いや、そうじゃないだろ」と頭を振る。

せっかく文が話しかけてくれたというのに、妙にクールに振る舞ってしまった。本来なら「この前は途中でいなくなって悪かった」と謝るべき場面だったのに。

でも文を見たら、僕がすっ転んだ姿で笑っていたところを思い出してたまらなくなる。

恥ずかしい。やっぱり消えたい。

僕が消えたら世界の損失なので本気で消えたいわけではないが、穴があったら入りたい。

始業の時間になり渋々教室へ帰ると、文は顔を上げて口を開き……すぐに俯《うつむ》いてしまった。普段見せてくれる柔らかな微笑みは消えている。

これはまずい。

さすがの僕も焦り始めた。文は視線を落としたまま、机の上で何度も指を組み直す。

僕が変な態度を取っているせいであんなに悲しげなのだろうか。困った。こういうとき、どうしたらいいんだろう。

あいにく僕には友だちと気まずくなったときの対処法の知識と経験がない。友だち、と呼べる相手ができたのはこれが初めてなのだから。

悶々としたまま授業は進み、僕は混乱のあまり昼休みも逃げるように教室から出て行ってしまった。当然、戻ってくると文はますます表情が硬くなっている。どうしていいのかわからず、僕は動揺して一時間につき筆箱を三回落とした。

「天舞くん」

「お……」

そして迎えた放課後。のそのそと片づけをしていた僕に、文が話しかけてきた。口元は笑みの形をしていたけれど、目には不安が映っている。僕は上手く笑えなかった。

悲しい顔をしている文は嫌だ。いや、ちがう。文が悲しいと思っていることが嫌だ。

「一緒に帰らない？　その、嫌じゃなかったら」

「嫌じゃない！」

すかさず立ち上がって答えた僕に、文は目を瞬かせた。それから、ふっと表情を緩める。僕の心まで緩んだ気持ちになった。

「じゃあ、帰ろうか」

＊＊＊

十月の半ばになると、夕方の景色はがらりと変わり、あんなに元気に僕らの帰り道を照らしていた太陽も随分おとなしくなった。

日の短さを全身で感じ、本当に地球は自転しているんだな、なんてことを考える。

僕と文は、自転車を押して帰っていた。

自転車に乗らなかったのは、たぶん今日はゆっくり話しながら帰ったほうがいいと、お互いにわかっていたからだ。

先に話を向けてくれたのは、やっぱり文のほうだった。

「俺、天舞くんの気持ちも考えずに無神経だった。天舞くんのことを笑ったりして。ごめんね」

文なりに色々考えたのだろう。僕は文を悩ませてしまったことが申し訳なくて、慌てて言葉を返す。

「違うんだ。僕はただ、文にみっともないところを見られて恥ずかしかったんだ」

「みっともなくないよ。笑った俺が悪い」

「う、でもあれは……。とにかく、文に幻滅されたと思った」

「俺が天舞くんに？　まさか」

そんなこと考えたこともない、という調子で返されて、僕は嬉しいやら照れくさいやら、自分でも説明できない気持ちに戸惑った。

それでも、言わなければいけないことがある。

「……僕も、途中で帰ったりして、ごめん」

「大丈夫だよ」

「紘くんと花ちゃんにも謝らないといけない」

「謝らなくてもいいけど、紘はちょっと落ち込んでるから今度遊びに来てやって」

文が目を細めて微笑む。こっちの胸の奥が温かくなるような笑い方に、ほっとして力が抜けた。

「わかった。今から行く」

「今から？」

「だめかな。でも早く謝りたい。すぐ帰るから」

「だめじゃないよ。ご飯食べて行ってもいいし」

重かった空気がほどけていくみたいに、僕たちは言葉をかわす。文の瞳に橙色《だいだいいろ》の光が映り込む。

ふと顔を上げると、黒い影になった山の向こうへ、焼けるような太陽が沈もうとしていた。

橙から青、そして紺から黒へ。徐々に変わっていく空の色と、その色が照らし出しているなだらかな田畑。神秘的と言ってもいい光景に、僕はそっと呟く。

「きれいだ」

心から純粋に、きれいだと思った。

僕は誰よりも美しいし、輝いているものをたくさん見てきたけれど、今目の前にある風景は、僕が知らなかったものだ。

僕の隣で、文が言う。

「天舞くんは、都会のいいところも知ってるし、田舎のいいところもわかってくれるんだね」

文の言葉には嘘がない。打算やお世辞なんて、文の中には存在しないのかもしれない。

「天舞くんのそういうところ、俺はすごいと思う」

唐突に、わかってしまった。

僕は文が笑うと嬉しい。文の前では「誰よりもかっこいい天舞くん」でいたい。僕が僕を完璧だと思っているだけじゃ、足りない。

上手く回らない舌を動かして、なんとか答える。

「ありがとう」

文がこちらを向く。真っ直ぐに僕を見る瞳が澄んでいて、それもきれいだと思った。

「寒くなってきたね、天舞くん」

「……そうだな」

胸の奥がぎゅっと狭くなる。

僕はきっと、文のことが好きなんだ。

4　停電とざわめき

【文 side】

毎朝、起きるのは午前五時半と決めている。

じいちゃんとばあちゃんはそれよりも早く起きて畑へ行く。俺は洗濯機を回して、その間に朝ごはんの支度をする母さんを手伝い、洗濯が終われば外で家族全員分の服を干す。

「さむ……」

いつの間にか冷たくなった空気が、洗濯物に触れる指先の温度を下げていく。

それでもこれは俺に任された仕事なので、黙々と皺《しわ》を伸ばした。雪が降れば、この大量の洗濯物を家の中に干さなければいけない。

「あ」

全部干し終えて家へ戻ると、居間の座卓に置いていたスマホに、ちょうどメッセージが入っていた。手に取ってみれば、送り主は天舞くん。そもそも俺がスマホで連絡を取り合う相手は天舞くんしかいないのだけれど。

おはよう、という文字に手を振る絵文字。つい頬が緩んで、冷えたままの指先で「おはよう」と返す。最近の俺の日課であり、ささやかな楽しみである。

天舞くんは、本当に優しい性格だと思う。

芋掘りに誘った日、転んでしまった天舞くんを俺が無神経に笑ったのに、俺の謝罪を受け入れ許してくれた。

それに、天舞くんは佐里山町の景色をきれいだと言ってくれる。東京でたくさん素敵なものを見てきたはずなのに、それでもこの町を褒める。

佐里山町は不便で地味な田舎だけれど、俺はこの町が好きだ。だから俺の好きなものを褒めてくれる天舞くんを見ると、無性に嬉しくなる。

「てんまくんから？」

「花、おはよう。そう、天舞くんから」

自分で起きてきた花が、背伸びして俺のスマホを覗き込もうとする。それから俺の顔を見て、にんまりと笑って腕をつついてきた。

「文にい、てんまくんが来てから楽しそうだよね」

「え？」

「なんだかウキウキしてるし、にこにこしてる！」

「そ、そう……？」

自覚がなかったから驚いた。でも確かに、天舞くんと一緒にいるのは楽しいし、遊びに来てくれるのも遊びに行くのもわくわくする。

花はじっと俺を見ながら、また腕に触れてきた。

「トクベツなんじゃない？」

「特別？」

「うん。てんまくんが、文にいのトクベツ」

「特別、ねぇ」

学校の友だちはみんな小学校からの長い付き合いだけれど、家族と友だちの中間のようで、天舞くんのような存在はいなかった。

都会と田舎、真逆の環境で過ごしてきたはずなのに、天舞くんと話をしているとぽんぽん言葉が出てくる。

もしかしたら親友ってやつなのかも、と考えて、そんな自分が恥ずかしくなった。

俺が一方的に天舞くんと仲がいいと思っているだけかもしれないのに。

「天舞くんって楽しい人だからね。また連れてくるよ」

照れ隠しに笑いかけると、花は目を細めてから、呆れたようにため息をついた。

「……文にいって、結構ニブいよね」

「鈍いってなにが？」

「わからないならいいですぅ～」

カワイソー、とかなんとか言って、花は顔を洗いに行ってしまった。俺は花の言葉を反芻《はんすう》してみたが、どうにもピンと来ない。鈍いって、なんの話だろう。

可哀想って誰が？

花も難しい話をしてみたい年頃なのかも、なんてのんきに考えながら、俺は自分の頬を指で擦った。

将来はじいちゃんの跡を継いで農業に携わろう、とは思っているものの、学生の本分からはどうしても逃げられない。

学生の本分。特に、テストというものからは。

「どうしよ……」

俺は週明けに控えた中間テストへのストレスに苦しめられていた。田舎だろうがなんだろうが、テストは難しいし、いつも胃がキリキリと痛む。

元々あまり勉強が得意ではない俺は、同級生の中でも下位争いをしている。文系の暗記科目はまだいいが、数学や化学で応用を求められると、たちまち手が止まってしまう。俺には数字の羅列が呪文にしか見えない。

担任の巾木《はばき》先生からは「家の仕事も大事だけど勉強もしっかりやれよ」と釘《くぎ》

を刺されている。

困った。俺が思うに勉強というのは一定のセンスが必要で、しっかりやってもできない人はできないような仕組みになっている。

「文、珍しく難しい顔をしてるな」

「天舞くん」

放課後、数学の教科書を開いてうんうん唸《うな》っていたら、天舞くんが話しかけてきた。

今日も今日とて発光するような美しさ。長いまつ毛が下瞼《したまぶた》に影を落として、ぱっちりとした目の形を余計に際立《きわだ》たせている。

つい見惚《みと》れてしまいそうになる自分に気づき、俺は取り繕うように言った。

「やばいんだよねぇ」

「テストか？」

「そう。数学と、化学と、ていうか全部やばいんだけど」

へろへろの声で言った俺に、天舞くんは「なるほど」と返して肩に手を置いてきた。ふわりと華やかな香りがして、胸がどきりと跳ねた。つい呼吸が浅くなる。

天舞くんって、他の人とは違う匂いがする。

「僕に任せろ、文」

「え？」

「僕が頭脳明晰《めいせき》だということを忘れたのか？　この優秀な僕が、文の勉強をみてあげよう」

「いいの？」

俺が身を乗り出して聞くと、天舞くんは自信たっぷりの笑みを浮かべて「もちろんだ」と頷いた。

自己申告のとおり、天舞くんはとにかく成績がよい。一度見たものは覚えてしまうし、家に帰ってからの復習も欠かさないのだという。

そして天舞くんは、教えるのも上手い。

何度か課題を天舞くんに手伝ってもらったことがあるけれど、呪文のような問題を解きほぐして説明してくれるから、俺の頭でも理解できてしまう。

目の前に一筋の光が差した心地で、俺は前のめり気味に言った。

「でもどこでやろうか。うちでやると花と紘が大騒ぎしちゃうし、図書館は早くに閉まっちゃうし」

眉をひそめた俺に、天舞くんは「ごほん」と咳払いをしてから、俺に尋ねた。

「それなら、その、う、うちに来るか……っ？」

「天舞くんの家？」

天舞くんが無言で何度も頷く。お菓子を買ってもらう直前の、そわそわしている紘にちょっと似てるな、と思いながら俺は答えた。

「迷惑でなければ行きたいな。あ、土日でもいい？」

「土日……って、泊まりってことか⁉」

「え、いいの？」

どうせならテスト直前の土日の日中に、というつもりで提案したけれど、泊まり、という単語に俺はつい食いついてしまった。

友だちの家に泊まって勉強なんてしたことがない。合宿みたいでわくわくする。

「いい！　じゃあ決まりだ」

大きく頷く天舞くんの頬がほんのりと赤い。外は寒いけれど、教室の中は温かいからかもしれない。

「それではお世話になります」

俺も深々と頭を下げると、天舞くんが笑った気配がした。

こうして、俺の悲惨な成績をなんとかすべく、突発の勉強合宿が開催されることになった。

＊＊＊

その日は朝から曇り空で、お昼すぎに俺が天舞くんの家に着いたころには、今にも降り出しそうなくらいに空模様が怪しくなっていた。

「降るかなぁ」

ひとり呟いてから自転車を停める。

天舞くんの住む家は、俺の家より年季が入って小さいが、不思議と広く感じる。きっと御手洗家の手入れがいいんだろう。

天舞くんの容姿がきらきらに輝いているのはよくわかっているけれど、御手洗家はご両親もすごい。

お母さんは現れた途端、周りに花びらが散りそうなほどの美人だし、お父さんは目鼻立ちがくっきりして「映画の主演やったことありますよね?」と聞きたくなるくらいスタイルがいい。

ちなみに、どちらも芸能人ではなく、お母さんは主婦として家庭菜園を楽しみ、お父さんにいたっては町役場で農林関係の仕事をしている、らしい。家族全員並ぶとまぶしくてサングラスが欲しくなる。遺伝子ってすごい。

「こんにちは。一晩お邪魔します」

「あー! 文くん! ゆっくりしていって!」

「ありがとうございます」

庭先にいたお母さんに緊張しながら声をかけると、天舞くん並みによく通る声で返された。今日も元気だ、と思いながら玄関へ向かったところで、ばたばたと天舞くんが現れる。

「よく来たな！　文！」

「天舞くん。出来の悪い生徒だけど、なんとか面倒見てください」

「任せろ」

頼もしい返事を聞いてから、天舞くんと一緒に一番奥の部屋へ向かう。天舞くんの部屋だ。

八畳の和室は白と灰色で統一されて、少し背の低いベッドの前には足の細いローテーブルが置かれている。本棚には教科書に加えて英語の本。俺が見たこともないような雑誌も並んでいる。

天舞くんの部屋は、いつ来てもおしゃれだ。男子高校生の部屋ってこんなにすっきり片付くことあるんだぁ、なんて考えながら、俺は壁にかかった前衛的な絵を眺める。

こういう絵って、どこで買うんだろう。花と紘の絵や習字が、壁一面に飾られている俺の家とは似ても似つかない。

さらに言えば天舞くんの家は、どれもこれも俺が見たことのないものばかりだ。人の家のものをじろじろ見るなんてよくないけれど、家電もハイテクそうなものを使っているし、この前なんていい香りをぎゅっと集めたような紅茶もごちそうになった。

俺とは全然住む世界が違う。

卑下するわけじゃなくて、事実としてそう思う。

「文も座ったらいい」

天舞くんはローテーブルの脇に腰を下ろし、そう言って隣を勧めてくれた。

「うん。よろしくお願いします」

リュックを下ろして天舞くんの横に座ると、肩がぶつかった。ごめんごめん、と俺が言う前に、天舞くんは「わ！」と思いきり身体を引く。

「……天舞くん？」

「あ、い、いや、なんでもない」

なんでもない、と言うわりには随分目が泳いでいる。俺のぶつかる力が強すぎたのかもしれない。天舞くんって、運動はできるけどすらっとしているし
「よし、じゃあ数学からだ」

「ええ～……」

「えー、じゃない。こういうのは苦手なのからやったほうがいいんだ」

「はい、御手洗先生」

天舞くんが「先生呼び、悪くないな」と嬉しそうににやけたので、俺もつられて笑った。今度は肘と肘が触れ合って、また天舞くんは「わ」と身体を揺らしたけれど、俺は気にしないことにした。

「う～、ちょっと休憩！」

「だいぶ解けるようになってきたな」

うちでお目にかかれないしゃれた夕食をごちそうになり、それぞれお風呂に入ってから、俺たちは夜の部の勉強会を続けていた。

外では雨が降り出している。

計算をしすぎて頭の内側が熱いが、やっぱり天舞くんは教えるのが上手くて、俺でも基本的な問題ならわかるようになってきた。

「……俺の勉強ばっかり見てもらってるけど、天舞くんは大丈夫？」

「文、僕を誰だと思ってるんだ」

「天舞くん」

即答すると、天舞はわざとらしく前髪をかき上げた。間違いなくかっこいいんだけど、ちょっと仕草が古いのも天舞くんの特徴ではある。

「そう！　僕は普段からコツコツ勉強しているから、テスト前に慌てふためかなくても平気なんだ」

「慌てふためいて失礼しました」

「おっ……いや、今のは嫌味じゃないぞ」

焦ったように言う天舞くんに「ふうん」と返して、俺はわざと肩をぶつけた。

天舞くんもやり返してくる、と思ったのに、なぜか不自然な沈黙が流れる。

天舞くんは咳払いをして、問題集を開いた。

「……雨、強くなってきたねぇ」

「そ、そうだな」

出してもらった烏龍茶をちびちび飲みながら、隣に座る天舞くんを見る。お風呂上がりで大きめの部屋着を着た天舞くんは、いつもよりも雰囲気が大人っぽくて、俺はなんとなく落ち着かない気分になった。

「文?」

「あっ、えっと」

じっと見つめていたら、顔をこちらに向けた天舞くんとばっちり目が合ってしまった。またもや訪れる沈黙。

何か言ったほうがいいかも、と俺は深く考えないまま言葉を紡《つむ》いだ。

「なんだかわからないけど、緊張するね」

「……緊張してるのか？」

「緊張……してる、かも」

天舞くんがいつもよりもっとかっこよく見えるから。

けれど照れくさくて、そのまま口に出すことはできなかった。俺は肩をすくめて笑ってみせる。

天舞くんは喉の奥を「ぐう」と鳴らしてから、またもや問題集を読み始めた。上下逆さに読んでるけどいいのかな。

俺もペンを持ち直してみたけれど、文章を追っても全然頭に入ってこない。

「……すごい雨」

そうこうしているうちに、外はバケツをひっくり返したような土砂降りになっていた。俺は窓のほうを見て、ひっそりと呟く。

「大丈夫かな。花も紘も、雷が苦手だから」

俺が家にいたら、二人は「文にい！」と半泣きで俺の部屋に駆け込んできていただろう。

今頃どうしてるのかな、と考えていると、天舞くんが「それなら」と口を開いた。

「僕は雷なんて怖くないから、いざとなったら駆けつけてあげよう。そうしたら百人力だ」

「さすがぁ」

自信満々の口調に、頬が緩んだ。

花と紘が天舞くんに懐く理由がわかる。天舞くんは努力に裏打ちされた自信があるから、いつだって「大丈夫」だと言ってくれる。そばにいる人も、天舞くんがいれば大丈夫って気分になる。

「……天舞くんって、すごいよね」

「ん？」

「天舞くんと話してると、元気が出てくる」

「え、あ……そ、そうか」

僕にはそんな力もあるんだな、と天舞くんは目を泳がせた。

でも本当に、天舞くんってすごいと思う。何に対しても手を抜かない。誰かが見てるとか見てないとか、そんなの関係なしに全力を尽くしてしまう。頑張ることに理由を求めない。

俺はそのひたむきさに、知らないうちに勇気づけられている。

「天舞くんはこれから先も、たくさんの人を元気にするんだろうなって思う」

「ま、まあ、僕ならできると思うが」

「天舞くんだもんね」

「そうだ」

頷く天舞くんの瞳に俺が映っている。

今はこうして肩を並べているけれど、それは、天舞くんが優しいからだ。

「……俺は、この先も大したことできない気がする」

不意に、誰にも言うつもりがなかった弱音が口からこぼれ出て、自分でも戸惑った。こんな後ろ向きなこと、言われたほうが困るのに。

でも俺は、いつだって不安だ。

得意だと言えるものがひとつもない。そうやってゆらゆらと不安定なまま大人になるのって、怖いなって思う。

けれど天舞くんは表情を変えずに、静かに、けれどはっきりと言った。

「文はもう十分立派だ。特別何かをしようとか、何かになろうなんて思わなくていい」

天舞くんの声って不思議だ。真っ直ぐに、間違いなく俺に届く。耳だけじゃなくて、心の深いところにも。

「文は、文であるだけで価値がある」

「……そうかな」

「そうだ。自転車に乗れない僕を助けてくれただろ。文は優しいし、気が利くし……。僕は、文が笑っているのを見ると、元気が出る」

元気が出る、なんて言われて驚いた。俺なんかでも、天舞くんを元気づけられるのか。

天舞くんが俺の手を取った。その指先が冷たくてびっくりした。窓の外では雨が激しく降っている。遠くで聞こえる雷の音。

頭の隅で、じいちゃんが田んぼを見に行っていなければいいな、と場違いなことを考えた。

「僕は」

天舞くんの瞳が俺を捉える。

目を逸らせなくて胸の奥がぎゅう、と狭くなった。天舞くんの目って不思議だ。気泡の入っていない硝子《ガラス》玉みたいで、ずっと見ていたくなる。

「僕は、そんな文が」

そのときだ。

ぶつん、と電気が消えて、突然部屋の中が暗くなった。

天舞くんの姿はうっすらと見えていたけれど、叩きつけるような雨の音が部屋に満ちる。

「……停電？」

「そう、みたいだ」

俺が呟いたのに対して天舞くんが掠《かす》れた声で返す。電気が途絶えた部屋はしんとして、天舞くんの指の冷たさが余計に際立っているように思えた。

「えっと、ブレーカー、とか」

「あ、そうだな！」

天舞くんはやけに大きな声で応えると、勢いよくその場に立ち上がった。が、俺の手を掴んだままだったので、俺の身体に引っ張られてぐらりとバランスを崩してしまった。

「天舞く」

危ない、と言おうとしたけれど、最後まで言葉は続かなかった。

天舞くんは口を「あ」の形にしたまま、俺のほうに倒れてきた。暗くてもそれは見えた。俺の口もつられて「あ」の形になる。

ぶつかる、と思った瞬間俺は目を閉じていた。天舞くんの手が俺の肩を掴む。

「ど、わっ！」

「う……」

俺は仰向けに倒れたけれど、覚悟していたほどの衝撃は訪れなかった。

ゆっくりとまぶたを開く。けれどまだ部屋は暗いままで、澄んだ二つの目と視線がぶつかった。

「…………」

「…………」

天舞くんに押し倒されるような格好で、俺たちは無言で見つめ合っていた。

たぶん、俺も天舞くんも、どう反応したらいいのかわからない、という感じ。

「えっ、あ、え」

天舞くんが意味をなさない声を漏らす。

それにしても、天舞くんって下から見てもきれいだ。ずっと見ていても飽きない。こんなに近くで見れる俺って、とても運がいいんじゃないかな。

すぐ近くで感じる呼吸と、天舞くんの甘く華やかな香り。吸い込んだら自分の肺までいい匂いになってしまいそうだ。

そう考え始めたら、気持ちが落ち着かなくなった。雨はずっと強いままだ。

落ち着かないのは、ばちばちと大げさな音を立てる雨のせいなんだろうか。

僕の手は天舞くんに掴まれたままで、互いの指先がぴくりと動いた。

「……天舞くん」

「えっ！　あ、わっ、悪い！」

いつまでも倒れたままだとよろしくないのでは、と天舞くんの名前を呼んだら、びょいん、と音がしそうなくらいの反応で避けられた。跳躍力がすごい。

掴まれた手が離れていく。

天舞くんはそのままベッドの上に飛び乗ると、正座をして裏返った声で続けた。

「違うんだ、わ、わざとじゃない、そういうつもりは一切ない、信じてほしい」

「う、うん、わかってるよ」

あまりの慌てっぷりに俺のほうも焦ってしまう。びっくりしたけど、怪我をしたわけでもないし。

でも天舞くんは両手で顔を覆って「うぉわ～……」と呻いたきり、動かなくなってしまった。ますます心配になって、俺は身体を起こして天舞くんの顔を下から覗き込む。

「天舞くん、どこか痛めた？」

「……いや、痛めてはないんだが」

その続きを待ってみたが、天舞くんの言葉はそこで終わりだった。

どうしたんだろう。やっぱりどこか怪我とかしたんじゃないかな。

もう一度名前を呼ぼうとしたそのとき。

「天舞～？　文くん？　大丈夫？」

引き戸の向こうから天舞くんのお母さんの声が響いた。それと同時にぱっと電気が点き、天舞くんも顔を上げて答える。

「だっ、大丈夫だ、これ以上なく！」

「…………」

俺は天舞くんの顔を見て、それからさりげなく視線を逸らした。天舞くんは「ちょっと行ってくる」と言い、いそいそと部屋から出て行った。

ひとり残された俺は、意味もなく正座をして首を捻る。

「うーん……？」

気のせいでなければ、だけど。

さっき見た天舞くんは、耳の先まで真っ赤になっていた。


そして中間テストがやってきた。

天舞くんの手伝いの甲斐《かい》もあって、俺はなんとか全教科で平均点を取ることができた。

苦手な理系科目も解答欄は全部埋めて、先生からも褒められた。俺にしては上出来だ。

「ありがとう。天舞くんのおかげ」

「ふふん。僕は教え方も超一流だからな」

全教科で満点近くを叩き出した天舞くんは、俺がお礼を言うと誇らしげに胸を張った。これ以上ないほど得意そうな表情を見ていると、なんだか楽しくなってくる。

「でも、文が頑張ったからだろ」

テレビの向こうで輝く芸能人みたいに整った微笑み。でも天舞くんはテレビの向こうじゃなくて、俺の目の前にいる。

天舞くんが優しいことが、嬉しい。

「ありがと。この調子で、次回も頑張らないとなぁ……」

並べたテストをしまいながら漏らすと、天舞くんが「ふふ」と笑って腰に手を当てた。

「また僕の家に来て勉強したらいい」

「そうだね、この前みたいに」

「そう、この前……」

そこまで言ったところで、天舞くんはぴたりと動きを止めた。そしてみるみるうちに、じわじわと顔が赤くなっていく。

なんだろう、と考えて、俺はあの日の一場面を思い出した。

すぐそばで感じた天舞くんの香り。吐息だけが満ちる暗い部屋。

――トクベツなんじゃない？

なぜか、花の言葉が耳の奥で響く。

「…………」

「…………」

「ま、また行くね」

「……ああ」

あの日のように真っ赤になった天舞くんを盗み見ながら、俺は熱くなった自分の頬に手を当てた。

うるさくなった心臓には、気づかないふりをして。

5　初恋の暴風

人に好きになってもらうって、何をどうやったらいいんだ。

人、というか僕の場合はとある特定の人物……正直に名前を言ってしまうと、鐘月文という友だちに好きになってほしい。そしてあわよくば恋仲になりたい。

「おはよう、天舞くん」

「おはよう、文」

ぱっと明るい笑顔で挨拶をされるたび、僕は「文と同じ歳に生まれてよかったな」と密かに母さんと父さんに感謝している。

あとは佐里山町に引っ越してきたときにぐだぐだと内心で文句を言っていたことについても謝ろう。

母さん、父さん。田舎暮らしに憧れてくれてどうもありがとう。

席替えをして僕の斜め後ろの席になった文は、鼻を赤くして「ふふ」と気の抜けた笑顔を見せた。

かわいい。かわいくて恋の矢が胸を貫通する。思わず「うっ」という声も漏れた。

文は特別容姿が整っているわけではないけれど、仕草や表情の一から十まで全部に愛嬌があってかわいい。つい視線を持っていかれてしまって困る。ここがのどかな町だからまだいいものの、都会に出たら危なくてひとりで歩かせられない。

「毎朝寒いね～。手袋してても指がかじかんじゃう」

「指が⁉」

気づけば暦は十一月終盤。文の指先が寒さに負けるなんてあってはならないことだ。

僕は身を乗り出して言った。

「それは大変だ。なんとかしないと」

「大げさだねぇ」

そういえばこの前、ネットで防寒機能が高い手袋を見かけたから注文してみてもいいかもしれない……と、考えていると。

「あ、天舞くん。俺、手袋が欲しいわけじゃないからね」

「えっ」

「この前耳当てもらったばっかりだし」

「………」

にっこりと迫力のある笑みを浮かべる文に先手を打たれた。なぜ僕が手袋を注文しようとしていたとわかったんだ。

さすが文は僕を理解している、と感心していたところで、隣の席の羽瀬川くんが噴き出した。

「御手洗くん、また文に貢ごうとしてんの？」

「貢ぐ⁉」

「だってそうじゃん。文が『あれいいなぁ』って言ったら週明けにはもうプレゼントしてる」

「いや、それは……まあそうだな」

「認めるんかい」

だって僕が文にせっせと贈り物をしているのは事実だ。

プレゼントとはすなわち真心。文があれこれ欲しがるような性格ではないとはわかっているが、ほんの少しでも喜んでほしい。僕はこのために読者モデルのバイト代をこつこつ貯めておいたのかもしれない。

そしてこれは最近気づいたことだけれど、自分のためにものを買うよりも、買って誰かに贈るほうが断然楽しい。

文と出会ってから、僕はどんどん新しい自分を発見している。

僕の人生で、誰かを好きになるのはこれが初めてだ。つまりは初恋。まさかこの自然に囲まれた町で、自分以上に夢中になれる相手と出会うとは。人生は何が起こるかわからない。

初恋の相手が文という素敵な相手で、僕は本当に幸せだと思う。

文を知れば知るほど、僕は文に惹《ひ》かれていく。

できることなら質問リストを作って文に一問ずつ投げかけたいし、ころころ変わっていく表情をすべて記録したい。が、僕は理性のある紳士的な人間なので、その辺は自制している。

「あ、俺今日日直だった」

文はそう言って教室を出ていく。窓際の暖房機がしゅんしゅんと音を立てる中、羽瀬川くんはさらに僕に話しかけてきた。

「御手洗くんって、結構健気《けなげ》だよなあ」

「ん？」

「せっせと文に尽くしてるじゃん。態度でさ、わかっちゃうっていうか」

「こら、羽瀬川。からかうんじゃないの」

僕が答える前に、萱野さんが話に入ってきた。羽瀬川くんには難しい顔を向けるが、僕には表情を緩めてみせる。

「気にしないで、御手洗くん。私は応援してるし！」

「ありがとう、助かります」

「そこも認めるんだ？」

羽瀬川くんが呆れたように聞いてきたので、僕はしっかりと頷いてみせた。

そう、周りの同級生には、僕が文に恋をしていることがバレてしまっている。

たぶん、この学校には恐ろしく察しのいい人間たちが揃っているのだと思う。

自転車も乗れるし推察能力も高い、選ばれし佐里山町の青少年たち。

萱野さんがぽつりと続けた。

「文も気づかないの、逆にすごいよね……」

「僕のアプローチが自然すぎるからだと思う」

「そうかぁ？」

羽瀬川くんのぼやきは流して、僕は頬杖《ほおづえ》をつき外を眺めた。

灰色の曇り空がもう何日も続いている。窓ガラスには憂いを帯びた僕が映っていた。ダウナーな僕も魅力的だ。

文を好きになって、学んだことがある。

恋愛というものは、なかなか手強く、攻略しがたい。

＊＊＊

「というわけで、これ持って帰らないか」

「……『というわけで』っていうのは？」

「まあそれはいいだろ」

「えー、そういうもの？　それにこれ、何？」

文が僕の家に遊びに来た帰り、僕はマフラーを巻く文に紙袋を差し出した。

文は受け取りつつも、首を傾げて僕に尋ねてくる。首を傾げるのもかわいくて、心の中で「ああ～」と声が出た。口から音が出なかっただけ偉い。

「僕が知る限り日本で一番おいしいクッキーだから食べてほしい。取り寄せたんだ」

「取り寄せ？　そんないいもの、もらっていいの？」

「もらってほしい！」

すかさずそう返すと、文は目を丸くしてから「そっか」と答えた。

「ありがとう。花と紘、クッキーが大好きだからきっと喜ぶよ」

「あ……っ、そ、そうか。よかった、二人が喜んでくれるなら、それで……」

本音を言えば文に優先して食べてほしかったが、よく考えたら家族思いの文が美味しいものをひとりじめするはずがない。「ははは」と乾いた笑いを浮かべた僕を、文がじっと見つめる。

「なんだか、俺ばっかり天舞くんからもらってない？」

「文からももらってるだろ。野菜とかお米とか」

「そうだけどそうじゃないっていうかさぁ」

文が不満げに唇を尖《とが》らせる。その仕草もまたかわいいのでつい「それはかわいいので頻度を考えたほうがいい」と言いそうになったが、鉄の理性でなんとか耐えた。

文は細く息を吐いてから、決意を込めた面持ちで言う。

「やっぱりもらいすぎている気がするので納得がいきません。今度、何か俺にもお返しさせて」

「お返し、って」

「俺にできることならなんでもするよ」

「………」

一瞬、本当に一瞬だけ邪念が働いたが、僕は誠実な人間なのですぐにそれを打ち消した。文は僕を友だちだと思っているのに、その信用を壊してはいけない。

「じゃあ、何か思いついたらお願いする」

「うん。そのときは教えて」

また明日、無邪気に顔をほころばせた文を見送ってから、僕は深いため息をついた。

そのままくるりと回れ右をして、とぼとぼと家の中へ入り、自分の部屋へと向かう。

「ど、どうしたらいいんだ……⁉」

僕は文のことが好きだが、文はおそらくそうじゃない。いや、友人として好ましく思ってくれているのはひしひしと伝わってくるけれど、恋愛としての「好き」ではない。

「こんなにずっと一緒にいるのに、好きになってもらえないなんて……」

僕は世界一と言っても差し支えないほどの美貌だし、頭脳明晰でスポーツも万能。性格だって人格者と言っていいだろう。恋人にするならこれ以上ない良物件だという自負がある。

だが、文は僕を「すごいねぇ」と褒めてはくれるものの、ときめいている様子はない。あまり認めたくないことだが、今のところ僕に恋愛感情を抱いている可能性は限りなくゼロに近い。

ネットで調べたところによると、意中の相手に好きになってもらうためには、まめな接触と的確な気遣い、そして相手を褒めたりプレゼントを贈ったりして、好感度をじわじわと高めることが重要だという。

僕はそれらの教えを律儀に守っているというのに、文はいつもほんわりと笑うだけだ。そうやって笑ってくれるだけでも僕は幸福な気分になるが、目的はそうじゃない。

僕が文と目が合うたびにドキドキするように、文にも僕にドキドキしてほしい。つまりは僕を恋愛対象にしてほしいのだ。

しかし、そもそも僕も文も男だ。

僕は愛さえあれば性別や年齢なんて関係ないという考えだけれど、文がそうだとは限らない。佐里山町で純真に育った文からすれば、恋は男女でするもの、という考えが自然なのかもしれない。

「はっ！」

自分の部屋に足を踏み入れたとき、僕はとある可能性に思い至ってしまった。

「まさか……文には、好きな子が⁉」

突然頭を殴りつけられたような衝撃が走った。

そう、もし文が誰か他の女の子に恋をしていたら。たとえば萱野さんなんて、文には及ばないまでも愛嬌があるし面倒見もいい。文とは小学校からの付き合いだというし、仲もよさそうだ。

万が一、文に好きな人がいるとしたら。

「た、耐えられない……」

僕はよろめいてベッドへと倒れ込んだ。文はいつか誰かと付き合うのかもしれない。想像するだけで、いや、想像できないくらい辛い。

けれど文の幸せを願うなら、文の恋を応援するべきなんじゃないのか。たとえ、僕の心が粉々になったとしても……。

「いや、やっぱり僕と付き合ってほしいな」

すっ、と身体を起こして呟く。僕は文が好きだから付き合いたい。いたってシンプルな考えだ。

「………」

ついさっきまで、文が座っていたテーブル脇の空白を見つめる。

テスト勉強を教えてからというもの、文はわからない課題があると僕を頼るようになってくれた。

ごめんね、と申し訳なさそうに僕を見上げるときの文は、ちょっと弱々しくて、それもかわいい。

今日の文も格別に素敵だった。隣に座って、僕の説明を「ふんふん」と聞いたあと、難しい顔で問題を解いていた。突き出した唇が子供っぽくて、けれどその横顔をいつまでも見ていたいと思った。

これまで出会った誰よりも、文は魅力的だ。

「はあ〜……」

僕は両手で顔を覆い、ベッドの上を転がった。そしてその反動のままどすんと床へと落ちたものの、僕は武道の心得もあるので完璧な受け身を取って着地した。それでも葛藤はなくならない。

「…………」

つい、雨の夜の出来事を思い出す。

僕はバランスを崩して、それで、文を押し倒したような形になってしまった。

「う……」

床にうずくまって頭を抱える。

記憶力抜群の僕の脳裏には、あの夜の映像がばっちりと刻み込まれてしまっている。

暗い部屋のなかで、僕を見つめる文の瞳が光っていた。風呂上がりの清潔な香りを捉えた瞬間、心臓が壊れるかと思った。よく笑う文のなめらかな頬。

触りたい。

撫でて、形を確かめたい。

その欲を抑え込むのに必死だった。掴んだ文の手首は確かに男のものなのに、見た目よりも細く感じた。

天舞くん、と文が僕を呼んでくれなかったら、危なかった。自分をコントロールできなくなったのは初めてだ。

「困った」

火照《ほて》った顔を軽く振ってから、僕はスマホを手に取った。相変わらず開く回数は減ったが、それでも操作に慣れた指がＳＮＳを選んでしまう。

「………」

画面に映るのは楽しく華やかな世界。僕もこの中にいたときは楽しかったし、その気持ちは今も嘘じゃない。

たくさんの「もう投稿はしないの？」の通知。嬉しいけれど、正直なところ反応に困る。今の僕は、自撮りや投稿どころではないのだ。

僕はスマホを枕元に放り投げた。

「恋とは、難しい！」

数多《あまた》の人に褒められても、たった一人の心を掴むことができなければ意味がない。

はあ、とまた深いため息をつきそうになったところで、僕はスマホの画面に広告が浮かんでいるのが見えた。なんとなく興味を惹かれて、のそのそと覗き込んでみる。

「これは……」

その広告を見ている間、僕の頭の中では文の「今度、何か俺にもお返しさせて」が繰り返し響いていた。

それから一週間。

久しぶりに乗った電車に揺られながら、僕は隣に座る文の存在を意識し続けていた。

「天舞くん？」

「はいっ！　なんでしょう！」

「なんで敬語なの？」

「な、なんとなく……ですけど……」

謎の言葉遣いをしてしまう自分をなんとかしたい。が、なんとかならない。

乗り換えもしてかれこれ一時間近く文と隣に座っている。当然腕がぶつかるし、文の一挙手一投足がわかってしまう。話すときは顔も近い。僕は今日一日、まともに過ごせるのだろうか。

「……あと十五分くらいで着く」

「はーい」

そう、今日は何を隠そう僕と文の初デートの日なのだ。

アプローチの手段に困った僕は、「お返し」として、文に「買い物に付いてきてほしい」と頼んだのだ。

向かうは佐里山町から電車を乗り継いで二時間の青縞市《あおしまし》。東京《とうきょう》ほどではないにせよ、このあたりでは一番活気がある街だ。

文と出かけるにあたって、念の為「街の専門ショップでしか手に入らないスニーカーを買う」という設定も用意してある。

本当にそのスニーカーが欲しいわけではないけれど、文がぱっと明るく笑って「楽しそう」と返してくれたので、僕はもうそれだけで報われた気分になった。ちょうど周りにいたクラスメイトたちは、文からは見えないようにそっと拍手をしてくれた。

文はこの逢瀬《おうせ》をデートだとは認識していないだろうが、僕にとっては立派なデートだ。好きな相手と二人きりで遠出する。これがデートじゃないならなんなのか教えてほしい。

「迷子になったらどうしよう」

駅に停まるたび、車内の人は増えていく。人混みに慣れていないという文は、さっきからきょろきょろとあたりを見回して落ち着かない。

僕は胸を張って言った。

「迷子にはさせないから大丈夫だ」

「そう？　天舞くんは頼りがいがありますねぇ」

おどけた様子で顔を覗き込んでくる文に、僕は気絶しそうになった。かわいい。生まれてきてくれてありがとう。毎日を文の誕生日にしたい。

文は今日は大きめの白のパーカーにモスグリーンの上着を羽織っている。去年買ったものらしいが、「サイズ大きかったかも」と少し余った袖をいじっている姿を見ているだけで奥歯がむずむずした。

「あ、もうすぐだね」

「そうだな」

電車が停まったのと同時に席を立ち、車外へと出る。文はすでに人の波に圧倒されているようで、立ち止まりそうになっていた。

「文」

ここで止まったら危ない、と反射的に腕を取った。身体ごと僕に引き寄せられた文は、「わ」と声を漏らして僕の胸にぶつかる。

今度は僕の動きが止まりそうだったけれど、自分に「天舞さん、気を確かに」と言い聞かせて足を進めた。文が肩をすくめて言う。

「鈍くさくてごめん。ありがと」

「……礼には及びません」

「だからなんで敬語？」

くすくすと笑う文は、学校にいるときよりもはしゃいでいるように見えた。

歩いている途中で、僕は文の腕を取ったままだと気づいてそっと手を離す。掌の汗がすごい。

横目でちらちらと文を見ながら、僕たちがもし恋人だったら、こんなとき自然な流れで手を繫ぐんだろうな、と考えた。

僕はなんでもできる神に愛された人間だが、今のところ「手を繫ぐ」なんて大業は成し遂げられそうになかった。こんなことなら恋愛なるものをちゃんと経験しておけばよかった。でも、はたして文以外に心を惹かれることなんてあるのだろうか。

僕は文に好きになってほしいけれど、それ以上に嫌われたくない。


駅を出て歩けば、まだ十一月だというのに、街のあちこちには早くもクリスマスの空気が漂っていた。

僕も東京に住んでいたころは、イベントごとにはアンテナを立ててこまめに「映える」自撮りを投稿していたものだが、佐里山町で暮らしていくうちにすっかり疎くなってしまった。

そういえば先月、花ちゃんと紘くんが白い布を被ってハロウィンごっこをしていたっけ。時間の流れ方は、その場所によって違うらしい。

　僕は馬鹿正直に目的の店でスニーカーを買い、街に着いて早々に目的を達してしまった。昨日立てた計画では、食事と買い物を済ませてから、スマートに要件を済ませる予定だったのに。

　休日の店はどこも混んでいて、僕と文はハンバーガーセットを忙しなく食べただけで終わってしまった。小さな口で一生懸命ハンバーガーを頬張る文もよかった……とかなんとか浮かれている場合じゃない。これは僕の理想のデートからは外れている。

　ぎりぎりと歯ぎしりをする僕には気づかず、文はあちこちを物珍しそうに眺めながら言う。

「クリスマス、かあ。一年経つのって早いよね。この前、稲刈りが終わったばっかりなのに」

　のんびりとした話し方にほっとした。文は癒やしの波動でも出てるんじゃないだろうか。

「そうだな。佐里山町はもう少ししたら雪が降るんだろ？」

「うん。去年は雪が多くてさぁ……。あ、天舞くんのところも、慣れないうちは雪かき大変だろうから手伝いに行くからね」

そう言って文は力強く拳を作ってみせる。しっかり者で面倒見がいいところも文の魅力だ。僕はまた胸をときめかせた。

「それにしても、混んでるねぇ」

「何かイベントがあるのかもしれないな」

「へぇ、イベント」

文はその響きにいまいちピンと来ていないようだった。

佐里山町ではイベントといえば町を挙げての運動会や役場が主催する収穫祭、学校の学芸会くらいなので仕方がない。

通りすがりの女子高生たちが「向こうでファッションイベントやってるって！」とはしゃいでいた。どうやら某有名雑誌のイベントが出張してきているらしい。

文が感心したように言う。

「人間って、こんなにたくさんいたんだねぇ」

「東京はもっと多い」

「俺、潰れて死ぬかも」

「文が死んだら困る」

「そう？　じゃあ助けてもらお」

文がさりげなく僕の肘のあたりを掴んできた。途端にぶわっと汗が浮く。こうして前触れなく僕のときめきポイントを突いてくるから気が抜けない。やっぱり文を一人で都会に出したら誘拐されてしまう。

文は人の多さにたじろいで、電車を降りてからというもの、僕にひっついて離れなかった。こちらのやかましい心音が伝わってしまうかもしれないと気が気でない。

僕はいつからこんなに意気地のない男になったのか。

ふと視線をやったショーウィンドウに、僕と文の姿が映っていた。

朝に念入りにセットした髪に乱れはないし、昨晩はなかなか寝つけなかったものの、顔のコンディションだっていい。

でもそんなことよりも、文の横顔を見てしまう。許されるなら写真を撮りたい、と思う僕はだいぶ恋心を拗《こじ》らせているんだろう。

「あ、クリスマスになったらこの辺でイルミネーションもやるみたいだね」

そういえばテレビで見たことあるかも、と続けた文の視線の先には、ケーキ屋の店先に貼られた色とりどりのポスター。十二月の後半になれば、このあたり一帯は光の装飾で彩られるのだという。

「イルミネーション……」

僕は想像力が豊かなので、その単語を見た瞬間、脳内で映像が再生された。イルミネーションを一緒に見る、僕と文。

隣に立つ文が、鮮やかな光の粒に照らされて笑う。「天舞くん、きれいだね」と言う文に、僕は颯爽と「もちろんイルミネーションも僕も美しいが、今一番輝いているのは文だよ」という言葉を贈る。文は驚いたあと、嬉しそうに目を細めて……。

「天舞くん？」

「はっ！」

横から現実世界の文に名前を呼ばれ、僕の脳内映画は上映を終了した。

不思議そうに首を傾げて顔を覗き込む文は、今の僕には刺激が強い。そのかわいい角度はどういうことだ。こっちは初恋なんだから、ちょっとは手加減してくれ。

しかしそこまで考えて、僕はぴたりと動きを止めた。そして文と二人、ケーキ屋の前で立ち止まる。

僕には、脳内で映画を公開する前に、確かめるべきことがあった。

「ふ、文は……」

「うん」

「今年の、クリスマスは、その、何か予定は立てているのか？」

「予定？」

そう。そもそも文がフリーなのかどうかをはっきりさせたい。万が一好きな相手がいたら……いや、その先は悲しくなるので考えないでおこう。

「誰かと、一緒に過ごす、とか」

自分で聞いておきながら、心臓が痛くなってきた。もしここで文が「うん、好きな子がいるから誘おうと思ってる」なんて言い出したら、僕は泡を吹いて倒れるかもしれない。

文がじっと僕を見つめる。周囲のざわめきが聞こえなくなる。文の口がゆっくりと開いた。

そのときだった。

「あれっ、天舞くんじゃない？」

「はい？」

突然後ろから肩を叩かれて振り向くと、薄い色のサングラスをかけた中年の男が立っていた。スタイルがよくて若々しく見えるが、どうにもうさんくさい。

しかしこの男、どこかで見たことがある。

「わ、絶対そう！　天舞くん、こんなところでどうしたの！」

「あ……」

背中をばんばんと勢いよく叩かれて思い出した。

そうだ。この人は僕が芸能関係者のパーティーに招待されたときに、しきりに話しかけてきたモデル事務所の社長……だった気がする。

当時の僕は名刺をもらってご機嫌になっていたけれど、文と大事な話をしている今この瞬間は、全くご機嫌になれない。

「ええとですね、今ちょっと」

「いや〜、会えて嬉しいよ！　今ちょうどモデルさんたちもファンミーティングやるところだからさ、天舞くんも行こうよ！」

「えっ⁉　いや、僕は」

断る隙も与えられず、社長にぐいぐいと腕を引っ張られていく。僕は手に持っていたスニーカー入りの袋を落としてしまった。

呆気に取られている文を呼ぼうとしたが、その姿は人波に紛れて見えなくなってしまった。天舞くん、と聞こえたのは気のせいだろうか。

これはまずい。本当にまずい。

僕の焦りなんて気にせずに、社長はどんどん足を進めていった。

「あの、本当に困りますので!」

「いいじゃん。ちょっとだけだよ～」

イベントが開かれている広場は、若者たちでごった返していた。

耳が痛いくらいの爆音で、軽快な音楽が鳴っている。

即席のランウェイの上でポーズを決める華やかなモデルたち。向けられる無数のレンズ。

「あれって天舞じゃない?」

「本当だ! なんでここにいるの?」

視線が一斉にこちらを向く。僕が知らない人たちが、天舞、と口々に僕の名前を呼ぶ。

そういえば僕はそこそこの有名人だった、ということを今更思い出した。

佐里山町では、僕はただの「御手洗天舞」として扱われていたから、もてはやされたり騒がれたりする感覚を忘れていた。

「本物のほうがいいじゃん！」

「やばい、顔ちっちゃい～」

広場の真ん中まで進むと、ますますあたりは騒がしくなった。四方八方からシャッター音が響いてうるさい。勝手に当てられるライトが眩しかった。

「やっぱり天舞って顔きれいだよね～！」

「かっこいい～」

そう。それは確かにそうだ。僕は誰よりも美しい。完璧な人間であり続けてきた。

「あ、天舞くんだ。初めまして」

「こんにちは～。最近投稿してないよね？　どうしたの？」

磨き上げられた容姿のモデルたちも話しかけてくる。上手く笑えなかった。

僕はこんなところで、こんなことをしている場合じゃない。

褒められるのも憧れの視線を受けるのも好きだった。自分が特別だと実感できるからだ。僕は特別な存在である自分を誇りに思っていた。

けれど今の僕は、こんな状況を喜べない。

「天舞くん、このあとさぁ」

「本当に！　無理です！」

またもや肩を叩こうとしてくる社長を振り切り、僕は人の少ないところを狙って駆け出した。

僕の勢いに驚いた人たちが避けたところを通り抜け、がむしゃらに足を動かす。後ろから僕を呼ぶ声と、シャッター音が追いかけてきた。

「文！」

先ほどのケーキ屋から少し離れた店先で、文はしゃがみ込んでいた。僕の声に顔を上げるが、心なしか青ざめている。

僕は文の隣にしゃがんだ。息が切れて仕方がない。

「悪かった、文」

Christmas Festa

「……ううん。天舞くん、俺のところ来て大丈夫？」

「いい。だって僕は文と遊びに来たんだ」

それ以外何を言えばいいのかわからなかった。

文は笑いかけてくれたけれど、その表情は硬い。

「天舞くんって、本当にすごい人だったんだね」

文から差し出された言葉が、嬉しくなかったのは初めてだった。

僕はずっと文に「天舞くんはすごい」と思ってもらいたかった。

けれどこれは、僕と文の間に線を引くようなものだ。

「……ごめん、俺、人に酔ったかも」

「文」

「恥ずかしい。ちょっと歩いただけなのに」

文は僕から目を逸らして立ち上がった。僕は耳の奥が痺れた感覚に襲われて、
何も返さないでいた。

「帰ろっか」

どこからか、陽気なクリスマスソングが流れてくる。ふと、文が僕の買ったスニーカーの袋を持ってくれていることに気づいた。

「文、それ」

「うん」

「……ありがとう」

重い空気の中、僕は文から袋を受け取った。

心臓が痛かった。ときめきではなく、嫌な痛み。

一瞬触れた文の指先は、ひどく冷たかった。

6　ひとりじめしたい

【文 side】

天舞くんって本当にかっこいい。

普段顔を見て話をしているときも「人間の顔ってここまできれいになるんだぁ」と感心してしまうけれど、遠くからふと見かけたときの立ち姿だとか、花や紘と遊んでいるときのくしゃくしゃの笑顔だとか、体育のときに颯爽と駆けていく後ろ姿だとか。そんな一瞬一瞬がずっと完璧にかっこいい。

同い年だけど、考え方も大人っぽくて、将来を見据えて勉強も手を抜かない。学校のみんなは「面白いから見てて飽きないよね～」なんて言っているし、僕も天舞くんのことは楽しい人だって思う。

でも、天舞くんのいいところは他にもたくさんある。

周りをよく見ていて、いつも敬意を払っている。だから、「羨ましい」よりも「すごい」が先に来る。

佐里山町はど田舎で不便ばかりなのに、天舞くんはこの町を悪く言わない。きっと、佐里山町に住む人たちが、この町を大事に思っていると知っているからだと思う。

「文。次の日曜日、買い物に付いてきてほしい」

「買い物？」

天舞くんから買い物に誘われたのは、木曜日の放課後のことだ。

なんでも、青縞市にある靴の専門店でスニーカーを買いたいのだという。

見たことがないくらい真剣な顔をして、天舞くんは続けた。

「その……文が、お返しをしてくれるって、言っていたから」

「俺が付いていくことがお返しってこと？」

「そ、そうだ」

「俺、電車の乗り継ぎも怪しいけど、お返しになるかなぁ、それ」

「なる！　とてもなる！」

俺としてはもっと天舞くんの役に立てることがいいんじゃないかな、と思ったけれど、天舞くんが何度も頷いてくれたから、一緒に行くことにした。

俺は滅多に佐里山町の外へは出ない。青縞市へ行くのも一年ぶりだ。人混みは疲れるから苦手。でも、上手く言えないけれど、天舞くんがいてくれるなら平気な気がした。

父さんが入院するまでは、よく家族で青縞市へ遊びに行った。花と紘が移動に疲れてぐずると、なだめるのはいつも父さんだった。

みんなが頼りにしていたし、父さんだって早く退院して家に帰ってきたいはずだ。先週お見舞いに行ったときは顔色がよかったから、きっともう少ししたら。

またみんなで一緒に暮らせる。

願い事でも言うみたいに、胸の中で呟く。

俺は家族の力になれているだろうか。

父さんの代わりにはなれないとはわかっている。でも少しだけでいいから、みんなに楽をしてもらいたい。

「……何、着ていったらいいんだろ」

去年興味がないなりに買った服を箪笥《たんす》の奥から引きずり出して、鏡の前であてでみる。おしゃれとはほど遠い生活をしてきたから、似合ってるのかダサいのかの判別すらつかない。とりあえず、清潔だったらいいだろう。

前日の土曜日はどきどきして眠れなかった。ただ天舞くんの買い物に付いていくだけだ。それなのに、緊張とわくわくがないまぜになる。

天舞くんから「明日九時に駅で」とメッセージが来て、すぐに「オッケー」と返事をしてしまう。

これまではスマホなんてほとんど触らなかったのに、絶対寝坊できないと思って枕元に置いた。

天舞くんとどんな話をして、何を食べよう。考え出すとますます眠れない。眠れないことに焦ってしまう。

翌朝、寝不足の身体を引きずって駅へ行くと、天舞くんがもう待っていた。水色のシャツに紺色のダッフルコート。腕時計を見る仕草にも、つい見惚れてしまう。

俺と友だちでいてくれるのが冗談なんじゃないかって思うくらい、天舞くんはかっこいい。

東京で暮らしていただけあって、天舞くんは電車にも慣れていた。横にいると肩が触れ合って、でも離れるのも不自然かと思ってそのまま過ごす。俺が降りるときにまごついても、天舞くんはさっと手を出して助けてくれた。

優しいな、と思う。

同時に、天舞くんの掌の温度を感じた途端、どきりとした。

テスト前の雨の日のことを思い出す。あれはただの事故で、天舞くんだってもう忘れただろうに。

「鈍くさくてごめん。ありがと」

「……礼には及びません」

天舞くんは友だちだけど、学校の友だちとは何かが違う。

生まれ育った土地が違うというだけではなくて、そしてきらきらと輝いている容姿だからというわけでもなくて。

俺の持つ言葉では説明できないけれど、とにかく天舞くんは、俺がこれまで出会ってきた誰とも違う。


中心街はやっぱり人が多かった。

無数の頭がゆらゆら動くのを見ているだけで酔いそうになる。一人で来ていたら、俺はすぐに回れ右をして帰っていただろう。

「文、こっちだ」

でも、天舞くんが俺を案内してくれたから平気だった。お目当ての店で天舞くんが履いた真っ白のスニーカーは、あつらえたみたいに似合っていた。

というか、天舞くんはなんでも履きこなしてしまうのだろう。接客をしてくれるお姉さんも、スニーカーよりも天舞くんを見つめていた。まあ、気持ちはわかる。

お姉さんだけじゃなくて、他の店員さんもお客さんも、天舞くんに視線を引き寄せられていた。

俺はちょっとだけ天舞くんから離れた場所で、スニーカーを選んでいるふりをする。どれもこれも、俺にはおしゃれすぎる気がする。

「無事に買えてよかったね」

「あ、ああ……」

どことなく歯切れの悪い天舞くんの隣を歩いた。

機嫌が悪いわけではなさそうだった。その証拠に、向けられる笑顔はいつものように柔らかい。

俺よりも十三センチ高い背。当たり前だけど腰の高さも足の長さも違う。それでも俺を置いていかない天舞くんは、やっぱり優しい。

すれ違う人たちが、はっとしたように天舞くんを見る。ですよねぇ、と心の中で俺は同意する。だって天舞くんは文句なしにかっこいい。

たまに天舞くんが自分のことを「僕は神に愛されているから……」とかなんとか口にしているけれど、本当にそうだよな、と思う。それくらい、天舞くんはきれいだし、人からも愛される人だ。

一方、当の本人は注目されることに慣れているのか、いつも変わらない調子で……なぜか時々敬語だったけれど、それでも俺に話しかけてくれた。嬉しくなって、適当な理由をつけて天舞くんの肘に触れる。

あちこちから向けられる視線は、天舞くんを追ったあと、隣にいる俺に刺さった。そして「なんでこんな奴が？」と言わんばかりに顔を歪《ゆが》められる。

気づかないふりをしようとしても、そういうのって、どうしても見えてしまう。俺はなるべく俯いて歩いた。せめて天舞くんは、俺が不釣り合いだという事実に気づかなければいいな、と願う。

店はどこも混んでいて、俺たちはテレビのＣＭでよく見るハンバーガーを食べた。佐里山町では食べられない味だ。

天舞くんは「もう少しいい店を探すつもりだった」と言っていたけれど、俺は天舞くんとおしゃべりをしながら、塩気の強いポテトをつまんでいるだけで満足していた。

途中で、クリスマスのイルミネーションのポスターを見かけた。

「イルミネーション……」

天舞くんが小さく漏らす。

クリスマスは俺にとって家族で家で過ごすものだ。だからこういうきらきらしたイベントには縁がなかった。

けれど、天舞くんはどうだろう。

きっと東京では毎日のように楽しいことがあって、クリスマスもひっきりになしに誘われていたんじゃないかな。

天舞くんが、俺の知らない誰かと一緒に歩いているところを想像すると、胸の奥がずきりと痛んだ。

その先の想像は続かずに終わる。なんだか、想像したくない。

「あれっ、天舞くんじゃない？」

天舞くんからクリスマスの予定を聞かれていたときだった。予定はないけど天舞くんはどう、と返そうとした矢先、天舞くんの後ろから色のついた眼鏡をかけた男の人が現れた。二人はどうやら知り合いらしい。

天舞くんも行こうよ、と男の人は言い、天舞くんの腕を掴んで歩き出してしまう。さっき買ったばかりのスニーカーが入った袋が地面に落ち、俺は慌ててそれを拾った。

次に顔を上げたとき、天舞くんたちの姿は人波の向こうに消えていた。俺の前を無数の足が行き交っていく。

「天舞くん」

まだ聞こえるかもしれない、と思って声を張り上げたけれど、当然返事はなかった。立ち止まる俺に、たくさんの人が迷惑そうな視線を送ってくる。胸がぎゅっと狭くなった。

「……どこ行ったんだろ」

天舞くんに付いて回るばっかりだったから、自分の居場所すらおぼつかない。

不安で喉が渇いた。

そういえば、イベントがどうとか言っていたっけ、と思い大音量の音楽が聞こえるほうへ進んでみた。何度も人にぶつかって、ひとりだとまともに歩けない自分が情けなかった。

やっと辿り着いた広場では、着飾った女の子たちが塊になっていた。間違っても俺が入っていける雰囲気ではない。

「あれって天舞じゃない？」

ふと耳に入った聞き慣れた声にいても立ってもいられず、俺はおずおずと人の間から広場を覗き込んだ。背伸びをしてみると、中央には赤いカーペットが敷かれていた。

すらりと背の高いモデルらしき人たちが、にこやかに手を振って歩いている。

女の子たちが歓声を上げた。

きっと有名なモデルなんだろう。でも俺にはわからなくて、流行りに疎いことが恥ずかしくなる。

けれどその中に、天舞くんはいた。

他のきれいな人たちにひけを取らず、それどころか誰よりも輝いて、天舞くんは堂々とそこに立っていた。

遠くて表情は上手く見えなかったが、天舞くんが現れただけで場の空気が変わったのを感じた。

天舞くんだ、とその場にいた人たちが一斉にカメラを構える。容赦なく注がれるシャッター音。その音にさらに苦しくなる。

「天舞くん」

俺は天舞くんをかっこよくてすごい人だと思っている。

でも、俺が考えていた以上に、天舞くんはすごい人だったのかもしれない。

ただそこに立っているだけなのに、誰よりも華やかで、人の目を引く。

みんなが天舞くんを知っている。

熱のこもった呼び声。無数のシャッター音。

俺がこれまで会った中で、一番きれいな顔がこちらを向く。表情はなかった。

俺には気づくことなく、天舞くんは目を逸らす。

俺は、あの人の隣を恥ずかしげもなく歩いていたのか。

不意に、俺の肩に女の子がぶつかってきた。同い年くらいのきれいな子だ。

天舞くんと並んでも不自然じゃないだろう。

女の子は俺を見て顔をしかめてから、隣にいた友だちと通りすぎていった。

去り際に、二人が笑い合う声が聞こえる。

「何あいつ」

「天舞くんに憧れてんのかな」

「嘘、あの格好で?」

体温がすっと下がっていく。鼓動がうるさい。俺はよろめきながら人混みから離れた。

ぐらぐらと目眩《めまい》がして、気分が悪かった。ここから離れたいと強く思う。

さっきのケーキ屋さんのあたりなら少しはましかもしれないと、俺は道の端を歩いた。この街を歩く人たちの速度に、俺は付いていけない。

不意に、俺はショーウィンドウに自分の姿が映っていることに気が付いた。サイズの合っていないパーカーと上着。無理をして新しい服を着てきたと一目でわかる、野暮ったい格好だ。

さっき見たばかりの天舞くんの姿がちらついた。

できるだけ人の少ないところへ避けて、しゃがみ込む。喉の奥で何かがつっかえているみたいに息苦しい。

天舞くんは、俺と一緒にいたら恥をかくんじゃないだろうか。

俺は顔だってよくないし、人に笑われるような格好をしている。みんなから注目される天舞くんと違って、俺は何者でもない。

「文！」

それでも、天舞くんは俺の元へ駆けつけてくれた。

顔を見たら安心してほっとしたけれど、それと同時に引け目を感じてしまう。

天舞くんは、俺は俺のままでいいと言ってくれた。

でも、本当にそうなのかな。

「……帰ろっか」

天舞くん。

俺はこんな自分は、すごく嫌だよ。

気まずい空気のまま電車に揺られて、俺と天舞くんは佐里山町へ戻ってきた。

黄色と赤、緑が混じる丸い形の山を見たとき、俺はやっと息ができた気がした。

冷えて清々しい空気が肺を満たす。俺に都会は向いていない。改めてそう思う。

別々に家に帰り、花と紘に「どうだったー?」と聞かれても、上手く笑って返せなかった。

楽しかったよ。途中までは。

俺のせいで台無しになっちゃったけど。

そのまま自分の部屋へ向かい、畳の上に倒れ込む。

「あ〜……」

情けない。恥ずかしい。みっともない。

帰りの電車で、ずっと胸の中に渦巻いていた言葉たち。ごろごろと何往復も転がってから、俺は身体を起こして頭をかいた。

天舞くんは、今ごろ俺と遊びに行ったことを後悔しているかもしれない。せっかく遠出したのに、さっさと帰る羽目になってしまった。

俺は、自分の力でどうにもならないことはなるべく悩まないようにしている。しかし今日の失態に関しては言い訳ができない。

「あ〜あ」

二度目の嘆きとともにぐしゃぐしゃと頭をかいた。

胸のもやが晴れない。いつもの俺なら、一晩ぐっすり寝たら、嫌なことは大概忘れられる。でも今日の後悔は、眠ったくらいでは晴れそうにないってわかる。

ぼんやりと考えていると、人に囲まれる天舞くんの姿が浮かぶ。

知っていたつもりで、わかっていなかった。

天舞くんは、数えきれないくらいたくさんの人たちから愛されているってことを。

＊＊＊

翌日の月曜日、俺はこれまでにないくらい重い気持ちで登校した。

天舞くんに合わせる顔がない。もしかしたら天舞くんはそこまで気にしていないかもしれないけれど、それで申し訳なさが先立つ。

自転車をのろのろと走らせてきたせいで、普段よりも学校に着くのは大分遅くなってしまった。

でも、俺が暗い顔をしていたら天舞くんはますます嫌な気分になるかも、と思い直し、俺は「よし」と気合を入れて教室に入った。

天舞くんには、昨日はごめんね、ともう一度謝って、あとはいつも通りに接したらいい。

「おは……」

「ねえ、御手洗くん、昨日の青縞のイベント出てたよね！」

しかし俺の挨拶と被るように、教室の中では興奮した声が響いていた。

数少ないクラスメイトが、席に着く天舞くんを取り囲んでいる。俺の挨拶はなかったことになった。

「あ、文！」

俺に気づいた貴樹が、近寄って腕を引いてくる。天舞くんは困ったように唇を引き結んでいた。

貴樹がスマホをかざして言う。

「昨日青縞であったイベントにさ、天舞くんがゲリラ参加したって書き込み見つけてさ。お前も行ったんだろ？」

「一緒にはいた、けど」

「なんだよ～。こういうのあるって知ってたなら言えよな。あ、でも俺が行ってたら邪魔かぁ」

意味ありげにニヤつかれて困った。

邪魔って何が。

というか、俺も天舞くんも、そのイベントを目指して行ったわけじゃない。

「天舞くんってすっごい有名人だったんだね～」

「サインもらっとく？　サイン」

けれど事情を知らないみんなは、口々に言葉を並べていく。

どうやら、昨日恐ろしい勢いで写真を撮られた天舞くんは、「ゲリラ参加」という名目でSNSに載せられてしまったようだった。

天舞くんが焦ったように早口で言う。

「別に参加したかったわけじゃないんだ。すぐに帰ったし」

「またまたご謙遜を」

貴樹が天舞くんの肩を叩き、周りも「隠さなくていいのに～」とどんどん話がよくない方向へ転がっていく。

俺の中で薄れ始めていた胸のもやが、濃くなっていくのがわかった。

天舞くんは珍しく居心地が悪そうにしていた。不意に顔がこちらを向き、俺と目が合う。

「僕は、文と遊びに行っていただけなんだ」

天舞くんははっきりとそう言った。

みんなが俺を見て、教室は静かになる。

なんて言ったらいいんだろう。俺は半端な笑みのまま、混乱していた。

「うん……」

自分の気持ちに整理がつかないまま、唇から掠れた声が漏れる。

天舞くんが望んであの場に登場したわけじゃないって、俺も知っている。勝手に引きずり出されただけ。でも。

「……ファンの人たちも天舞くんに会えて喜んでたし、よかったんじゃないかな」

自分でもびっくりするくらい意地の悪い言い方だった。

よかった、なんて状況ではなかった。天舞くんは嫌がっていて、すぐに人の輪から抜けて俺を探しに来てくれたのに。

「……文」

天舞くんの目が見開かれるのを見て、俺は自分の失言を改めて思い知った。

後悔で心が冷えていく。

どうしよう。謝らなくちゃ。

でもここじゃだめだ。天舞くんと二人きりで、きちんと話したい。

何を話したらいいのかわからないけれど、それでも話さなきゃだめだ。

「おい、授業始めるぞ〜」

「はーい」

俺が天舞くんに話しかける勇気を出す前に、先生が教室に入ってきた。集まっていたみんなは散り散りになり、俺も自分の席に着く。

斜め前の天舞くんを見ると、心なしか背中が寂しげに見えた。胸がずきずきと痛む。

俺は、天舞くんを傷つけてしまったのかもしれない。

「………」

解決の糸口を見つけられないまま時間は流れ、放課後、俺が帰りに誘う前に天舞くんは教室から出て行ってしまった。

すんなり家に帰る気分にもなれなくて、俺はひとり自転車を押して帰った。

ついこの前まで稲穂が揺れていた田んぼは地面を見せて、寒々しい。吐く息は白かった。手袋をしていても指先が冷たい。

天舞くんと帰っているときは、寒さなんて気にならないのに。

「う〜……」

いよいよ取り返しがつかなくなってきたようで、息をするのも苦しくなってくる。立ち止まってため息をついた。

「俺ってどうしてこうなんだろ」

頼りになるしっかりした人間になりたいのに、うじうじ悩んでばかりで自分でも腹が立つ。

弱気になったところで事態は変わらない。嘆いているんじゃなくて、何か行動したほうがいい。今から天舞くんの家に突撃するとか。

「でもなぁ……」

天舞くんは優しいから、俺が謝ったら許してくれるだろう。

でも本音のところでは、「もうこんな奴と友だちでいるのは嫌だな」と感じているかもしれない。全部、俺の想像でしかないけれど。

「………」

初めてだ。嫌われるのが怖い、と思うなんて。

コートのポケットからスマホを取り出して、画面を見つめる。普段は家に置いたままだが、天舞くんと上手く話せなかったときに、メッセージを送ろうと思って持ってきた。

しばらく迷ってから、俺は画面に触れた。

これまでSNSに興味はなかったけれど、昨日の夜、なんとなくアプリだけインストールしておいた。

画面を開くと目がちかちかするほど大量の画像が出てくる。みんな写真を撮るのが好きなんだなぁ、と感心してしまう。

悪いことをしているような気持ちで、「御手洗天舞」と検索してみると、天舞くんの顔が次々に画面に現れてぎょっとした。

「これだ」

天舞くんのアカウントを見つけて、つい周りをキョロキョロと見渡してしまった。

秘密にされているわけではない、とは思うが、なんとなく気が引けた。

おそるおそる投稿を見ていく。自撮りらしきものが多くて、言い方はよくないけれど、カメラに向かってかっこつけている天舞くん。

でも俺は天舞くんの顔が好きなので、つい微笑ましく眺めてしまう。

身体が冷えていくのを感じながら、俺は画面の上で指を滑らせた。

天舞くんの写真はたくさんあった。

俺の知らない天舞くん。都会で、たくさんの楽しいものときれいな人に囲まれていたころの彼。

佐里山町に来てからはめっきり投稿は減っている。ほとんどないと言ってもいい。

相変わらずこの町は電波が弱いから、画像を読み込むのにも時間がかかった。けれどじっと待っていると、こちらを向いた天舞くんが現れる。

すっかり陽は落ちて、暗がりの中でスマホの画面だけが光を放っていた。

天舞くんが雑誌に載っている写真も、パーティーに参加している写真もあった。そういえばそんな話をしていた、と思い出しながら、青いスーツを着こなす姿にどきりとした。

「……スーツ、似合う」

仲良くなったつもりでいたけれど、俺は天舞くんについて、知らないことのほうがずっと多い。

好きなものや嫌いなもの。天舞くんが話上手なのに甘えて、俺から知ろうとしていなかった。

「わ」

変なところに指が当たって、誰か知らない人のアカウントに飛んでしまう。

けれどそこにも、天舞くんの写真があった。

昨日のイベントの写真だ。

困惑した表情の天舞くんの横顔。画像には「天舞、ゲリラで参加！」という
コメントが付いている。

その写真を見た人たちからも、書き込みが続いていた。

『天舞って本当に顔がいい！』

『顔だけで生きていけそう』

『最近何してたんだろうね』

『注目浴びたくて出てきちゃったとか？』

好意の中に時折混じる悪意のある言葉。天舞くんを悪く言わないでほしかった。眉間《みけん》に皺が寄って、悔しくなる。

「天舞くんは顔だけじゃない」

思わず声が出た。

こんな田舎で言い返したところで届かないのはわかっている。それでも、違うと言いたかった。

天舞くんは、優しくて、楽しい人だ。

自信に満ちあふれているけれど、それは天舞くんが努力をしているからだ。努力をした人だからあんなに輝いている。

天舞くんは、誰よりもかっこいい。

みんなそれを知っている。

けれど俺は、天舞くんが俺の隣で見せてくれる、無防備な笑顔が一番好きだ。

ネットには載っていない、俺しか知らない天舞くんがいる。

俺以外に、あの笑顔を見せてほしくない。

「…………」

熱くなった頭を冷やすために細く息を吐くと、目の前が白くなった。顔を上げて見えるのは頼りない街灯の光。

「……俺」

スマホを握りしめたまま呟く。胸に渦巻くもやの正体を、ようやく突き止められた気がした。

俺はたぶん、天舞くんをひとりじめしたいんだ。

7　言葉を伝えて

十二月。別名師走《しわす》。

師匠も走る忙しさ、を比喩してそんな名前が付いたという知識はあるが、高校生の僕にとってそこまで忙しい実感はない。

だが、僕の心は常に忙しい。忙しいというよりも、乱高下《らんこうげ》を繰り返して、すり減り、もつれ、疲れきっている。

その原因は文だ。いや、「原因」なんて言い方はよくない。悩みの種、というのも失礼な気がする。とにかく、僕の頭の中はいつも文のことでいっぱいだ。

そのうち耳とか口から「文」って文字が出てくるんじゃないだろうか。

文とは、青縞市へ一緒に遊びに行った日を境に、なんとなくぎくしゃくしている。決定的な喧嘩《けんか》をしたわけじゃないから、仲直りという方法も取れない。

お互いに「ごめん」とメッセージを送り合ったし、話もするし学校からも一緒に帰るが、どことなくぎこちない空気が流れている。以前のように会話が弾まない。

文に距離を置かれているのかもしれない、と思う僕の口数が少ないせいもあるし、文が僕を気遣いすぎているせいでもある。

つまり、恋を成就させるどころか、完全に後退しているのだ。僕は前進しか知らない男だったのに、いつの間にかバックギアが装備されていたらしい。

家族同然になっていた鐘月家へも足を向けにくい。もちろん文も僕の家に来ない。これまでは自然に出ていた言葉が、喉のあたりで絡まって出てこなくなった。きっと文もそうだ。

「てんまくん、なんで最近うちに来ないの～？」

そんな矢先、道端で花ちゃんに出くわした。

文は委員会で遅くなるということで、僕一人で帰っていたときのことだ。

僕は現状の立ち行かなさを憂い、「どうしたらいいんだ……！」と田んぼの脇にしゃがみ、いじいじと木の枝で土に落書きをしていた。

そこに学校帰りの花ちゃんが現れたというわけだ。

「は、花ちゃん……。今日も素敵だね」

「どうもありがとう。でもそうじゃなくてさぁ」

花ちゃんは僕の隣に座ると、呆れたようにため息をつき、ゆるく首を振った。

小学生なのに、花ちゃんは時々大人びた仕草をする。

「文にいとけんかでもしたの？　紘も寂しいって言ってるよ」

「……けんか、はしていない。紘くんには申し訳ない……」

「ふうん」

花ちゃんは僕が書いた無数の「悩」の文字に顔をしかめ、「まあコーコーセーも色々あるよね」とこれまた大人びた口調で言う。

「でも、てんまくんがしょぼしょぼしてると、花は悲しいな」

「しょ、しょぼしょぼ……？」

「うん。ずっとキラキラしてたけど、今はしょぼしょぼ」

「そんな、僕のきらめきが失われている……⁉」

それは天変地異と呼んでもいいくらいの大問題だ。僕はいつも輝いていたいのに。僕は花ちゃんに慌てて聞いた。

「僕に肌ツヤがないということか？」

「そうじゃないよぉ」

愕然《がくぜん》とする僕をさらりとあしらってから、花ちゃんは苦笑いを見せる。

「あのね、てんまくんだけじゃないよ。文にいもしょぼしょぼしてる」

「文はいつもかわいいだろう」

「ふふ、そんなこと言うのてんまくんだけだよ。とにかく、二人とも元気がなくて花は心配」

くすくすと笑って、花ちゃんは肩をすくめた。コートは着ているが、首元が寒そうだ。僕は慌てて首に巻いていたマフラーをほどいて差し出す。

「花ちゃん。君の身体が冷えたら大変だ。これを使ってほしい」

「……てんまくんのそういうとこだよねぇ」

「ん？」

「なんでもない。じゃあ借りようかなぁ」

文にいに叱られるかも、といたずらっぽくすくす笑って、花ちゃんは僕のマフラーを首に巻いた。似合ってる、と言うとまた笑う。

「てんまくん、文にいと早く仲直りしてね」

「……うん、そうだよな」

「花は仲良しなふたりが好きよ」

そう言って目を細め、花ちゃんは立ち上がった。そのまま灰色の空をじっと見つめて言う。

「もうすぐ雪がふるねぇ」

僕もつられて空を見るが、曇ってるな、と思うだけで天気がどうなるかは予測できそうにない。

雪が降ったら何か変わるのだろうか、と他力本願なことを考えながら、僕は文の横顔を思い出していた。

「聞いてない！　こんなに大変だなんて……！」

花ちゃんの「雪がふるねぇ」の天気予報は、その三日後に見事的中した。佐里山町にしんしんと雪が降り始めたのだ。

雪というものに不慣れな僕は、当初「いやあ地元の方の勘は素晴らしい」と感心していた。そして空からとめどなく落ちてくる雪の儚《はかな》さや、降り積もって辺り一面が白く変わるさまに心を打たれてみたりもした。

だが、僕は早々に気がついた。雪を舐《な》めてはいけない、と。降雪地帯である佐里山町では、ただ呑気に暮らしていると、まず玄関が雪で埋まり外へ出られなくなる。つまりこまめに雪を片づける必要がある。我が家は平屋なのでなおさらだ。

スコップだけでは対応できないので、スノーダンプなるソリのような道具も取り入れることになった。

「信じられない。こんなことを毎日⁉」

雪を寄せながらぶつぶつ文句を言う。母さんと父さんは「この雪が佐里山町の豊かな自然を育むんだね〜」などとほんわかしているが、主に雪片づけを任されている僕にはほんわかする余裕はない。

雪片づけは、まずは朝起きて一回、そして帰ってきて一回。僕や父さんがいない日中は、母さんがせっせと担当している。

初めて学んだことだが、雪というものは、とにかく重い。あんなにふわふわでかわいらしい見た目をしておきながら、元々は水分なだけあってどっしりとしている。塊になるとびくともしないのだ。

日頃から運動を欠かさない僕ですら、腰を痛めそうになった。

「佐里山町の人たちはたくましい……」

朝だというのに、学校へ着くころには僕の体力はほぼ尽きかけていた。雪が降ったから自転車も使えない。よって、通学も歩き。

よろよろの僕を放って、余力があるメンバーは校庭の雪片づけに取りかかっている。信じられない。僕だったら授業をすべて放り出して睡眠する覚悟で挑まないとできそうにない。

「御手洗く～ん、まだ朝なのに元気ないんじゃない？」

「羽瀬川くん」

机に突っ伏す僕の背中を、校庭の一仕事から戻ってきた羽瀬川くんがぽんぽんと叩く。僕とは対照的に、羽瀬川くんは見るからに元気いっぱいだ。すごすぎる。こんなに眩しい男だっただろうか。

僕の隣の席に座りながら、羽瀬川くんが言う。

「そんなんで今日の体育までもつ～？」

「体育……は、何をやるんだっけ」

「雪合戦だよ、雪合戦！」

答えを聞いた瞬間、僕の喉から「ひい」と声が出た。

すでにこんなに疲弊しているのに、さらに立ち直れなくなるほどの負荷を与えてくるとは。

僕は毅然《きぜん》とした態度で返した。

「羽瀬川くん、申し訳ないが僕はみんなと争いたくない」

「そんな回りくどい断り方したってだめですぅ〜」

羽瀬川くんが、楽しげに答える。そして彼は、思わず顔をしかめた僕に向かって言葉を続けた。

「まあ、この機会に文とも仲直りしたら？　文とは同じチームにするからさ」

「う……」

「御手洗くんと文は、うちの学校のほっこり要員なんだからさぁ。いつまでもぎくしゃくされるとこっちも困るわけ」

「ほっこり……？」

「まあいいや。とりあえずあとで正々堂々戦おうな」

不恰好なウインクを決めて、羽瀬川くんは後ろのほうの自分の席へと戻った。

ほっこり要員、ともう一度口の中で響きを転がしてから、僕と文の気まずさが周りにもばれていたことに気恥ずかしくなった。

「はー、すごい雪だね」

ちょうどそのとき、疲れたぁ、と漏らしながら、文が教室に入ってきた。文は僕と目が合うと、一瞬視線を逸らしそうにはなったけれど、それをぐっと堪えて微笑みを作る。

「お、おはよう、天舞くん……」

「おはよう、文……」

互いに手を上げて、けれどそのまま沈黙が流れる。文は曖昧な笑みを浮かべたまま、ダウンジャケットを脱いでおずおずと席に着いた。

「………」

僕も微笑みのなりそこないのような表情を浮かべて、黒板を見た。まだ何も書かれていない板面がそこにある。

「……よし」

自分だけに聞こえるように、小さく決意する。

僕は御手洗天舞。神に愛されし完璧な人間。

僕の名にかけて、今日こそはこの状況を打破しなければならない。

雪合戦は、生まれて初めてだけれど。

僕は雪というものを侮っていたが、雪合戦のことはもっと侮っていた。

なにせ名前が「合戦」なのだ。つまりは命を賭した戦《いくさ》だ。

ここは高校だし参加者も全員高校生なので本当に命を賭けるわけではないもののそれでも僕が味わったのは紛うことなき戦いの場だった。

「て、天舞く～ん……？」

校庭のど真ん中で仰向けに倒れる僕の傍らで、しゃがんだ文が心配そうに声をかけてきた。

文は今日も優しいしかわいい。多少気まずくなったといえど、そこは揺るがない。

「放っておいてくれ、僕は敗者だ……」

「こっちのチームが負けだから俺も敗者だよ」

「なるほど、それはそうか」

気を取り直して身体を起こす。気づけば他のメンバーはいなくなっていた。

昼休みの時間になったから、みんな教室へ戻ったのだろう。

やっぱりタフだ。そして残ってくれた文はやっぱり優しいしかわいい。ダウンジャケットでもこもこになっているのがまたいい。ダウンジャケットがこの世にあってよかった。

「天舞くん、大丈夫？　雪玉、思いっきり顔に当たってたけど」

「……大丈夫、だと思う」

手袋を外して手で顔をさすってみるが、造型に変化はない。危ないところだった。僕の顔は国から何らかの賞を授与されてもおかしくないくらいの一級品なので。

三、四時間目の体育で、その戦いは繰り広げられた。紅組白組に分かれての真剣紅白戦。僕と文は白組で、血の気の多い連中が紅組に集結した。

僕は雪国育ちの容赦なき雪玉攻撃を受け、完膚《かんぷ》なきまでに叩きのめされた。

僕が相手の陣地へ斬り込もうとしたところで総攻撃を受けたのだ。血も涙もない。

「……空が」

「え？」

「空が、広い」

雪の止んだ空は、胸がすくほど清々しい水色をしていた。雲があちこちに散っている。僕の視界では足りないくらいに、空はどこまでも広く続いていた。

雪合戦をしてぼこぼこにされるなんて、東京にいたころは考えられなかったことだ。

僕はちやほやされるのに慣れていて、食べるものにも着るものにも気をつけて、周囲も僕を「見目麗《みめうるわ》しい十七歳」として扱った。

僕はそれでよかったし、そうやって完璧な自分を評価されるのを望んでいた。けれどここにいると、本当は人からの評価なんて気にしなくてもいいんじゃないか、と思えてくる。

僕は身体を起こして、そっとため息をついて言った。

「争いはよくない。僕は平和主義者であり続ける」

「それがいいよ、きっと」

文が目を細めて笑う。無防備な笑みを見るのが久しぶりで、ついじっと観察してしまう。

僕の視線に気づいたのか、文はぴたりと笑うのやめて「それより」と続けた。

「天舞くん、びしょびしょだね」

「う……」

そう、寒い日でもビジュアルには気を使いたい派の僕は、今日は紺のダッフルコートを着ていた。ざっくりとしたシルエットが魅力ではあるが、布なので溶けた雪を吸い込んでびしょびしょになっている。

ついでに合戦により汗もかいたので、コートの下も冷え始めている。

「さ、寒い」

「もう、風邪ひいちゃうよ。着替えよう」

「着替えを……忘れてきたんだ……」

「じゃあ俺のを貸してあげる」

得意げに言われたが、正直者の僕はつい文の足の長さを見てしまった。文がすかさず「そんなに長さ変わらないから！」とむくれる。そんなところもかわいい。

「ほら、こっち」

学校のチャイムが鳴る中、僕は文に腕を引かれて教室へ向かった。文は机の脇からジャージを取り出すと、「はい！」と元気よく渡してくる。

「文、言いづらいが」

「ん？」

機嫌がよさそうな文に一言断ってから、僕はコートを脱ぎ、渡されたジャージに袖を通した。

「…………」

「…………」

案の定、袖丈が全く足りない。つんつるてん、というやつだ。

僕と文は無言で見つめ合ってから、同時に「ぶ」と吹き出した。そのまま笑いは止まらず、文が僕の肩を叩いてくる。

「あー、もう。天舞くんは手足が長すぎ」

「いくら僕でも手足の長さは変えられない」

「知ってます」

笑いすぎた文が目元を拭って、ふっと力が抜けたように頬を緩めた。僕たちの間に流れていたほんの少しの棘《とげ》が、溶けて抜け落ちた感覚があった。花ちゃんとの会話を思い出す。

仲良しなふたりが好き。

本当にそうだ。僕も、文と仲良しでいたい。

「文」

周りの昼休みのざわめきに甘えて、僕は言う。

「今日も、一緒に帰ろう」

「……うん」

「また、前みたいに話したいから」

文は驚いたように目を丸くしてから、照れたようにはにかんだ。しばらく軋むだけだった僕の胸が、再びときめきに高まり始める。

「そうだね。俺も天舞くんと、前みたいに話したい」

やっぱり文はかわいいな、と静かに感動してから、僕は今年一番大きなくしゃみをした。

＊＊＊

雨降って地固まる……ではないが、雪合戦がきっかけで僕と文のギクシャクした空気はすっかり薄れてしまった。

このまま勢いに乗って文との距離とを一気に縮めるべきではないか、とも思ったが、僕は自分が考えていた以上に臆病な性格だったらしい。

下手に一歩踏み出して関係に綻びが生まれるくらいなら、このまま仲のいい友人でいるほうがいいと思ってしまう。

「本当にそれでいいんですか～？　現状維持で満足できるんですか、御手洗くんは」

「……満足、できる！」

「本当かねぇ」

十二月も中旬に差しかかったある日の朝のこと。

僕は隣の席に座る羽瀬川くんに絡まれていた。羽瀬川くんは気のいい奴だが、どうも僕と文の仲について世話を焼きすぎる。

僕は余裕の笑みを浮かべ、優雅な動作で腕を組んだ。

「本当だ。羽瀬川くん、こういうのは焦ったらいけないんだ。じっくり時間をかけて……」

「時間かけてる暇ある？　もうすぐ文の誕生日なんだから勝負かけちゃえば」

「え⁉」

僕は小さく叫んで立ち上がった。

今、羽瀬川くんはなんと言った？　文の誕生日、だって。そんなビッグイベント情報が突然投下されるとは。

びっくりしたー、と漏らす羽瀬川くんに、ずずいと顔を近づけて僕は続ける。

「た、誕生日……って」

「あー、ごめん。知らなかった？」

知っていたらこんな反応はしていない。僕は羽瀬川くんをびしりと指さして続けた。

「知らない！　どうしてもっと早く教えてくれなかったんだ！」

「御手洗くんが文に聞けばよかったじゃん。ちなみに文の誕生日は二日後だよ。十二月十五日」

「あと、二日⁉」

その場で膝から崩れ落ちなかった自分を褒めてやりたい。それくらいの衝撃だった。

壁かけのカレンダーを見ると、文の誕生日は土曜日だった。学校で会うこともできなければ、プレゼントを取り寄せるのも間に合わない。僕は好きな相手の誕生日すら祝えない、けちな男に成り下がってしまう。

「おっ……!?」

「御手洗くん、文が来たよ」

「そんな」

ここ数日、文はベージュのマフラーでもこもこになっていてとてもかわいい。

僕がその姿を目に焼き付けていると、非情にも羽瀬川くんは文に手を振り声をかけた。

「文～、御手洗くんが聞きたいことがあるって」

「は、羽瀬川くん！」

「そうなの？　天舞くん、何？」

「うっ」

文はマフラーを外して首を傾げた。真っ直ぐな視線が痛い。僕がぱくぱくと口を開け閉めしている間に、羽瀬川くんは「邪魔者は退散しますね～」とそそくさと立ち去ってしまった。なんということか。

「えーっと、ですね……」

?
おはよ…

しかし、これは羽瀬川くんがくれたチャンスだ。僕は机の上で指をこねこねと揉《も》みながら、文に尋ねた。

「そ、その……文、土曜日の、ご予定は……？」

「土曜日？　何も予定はないけど」

「ほっ、本当か？　ええと、文の誕生日、だけど……」

自分の声がだんだん小さくなっていくのがいただけない。

しかし文は目を丸くして、「天舞くん、俺の誕生日知ってたんだ？」と意外そうに言った。

申し訳ないのですが、ついさっき知りました。

「うん、まあ……。で、あの、文は……欲しいものとか、ないのかっ？」

緊張しすぎなくらいに緊張して、声が裏返ってしまう。こねこねしている指もふやけそうだ。

そんな僕の心境を知ってか知らずか、文は腕を組んで「うーん」と悩んでから答えた。

「……欲しいものはないけど、行きたいところはあるかな」

「よしそれだ！　どこへ行く？　僕に任せてくれ」

胸を叩いて答えると、文はにっこりと笑って返してきた。

「青縞市のイルミネーション」

「えっ」

「ポスター見ただけでもすごそうだったから、見に行きたい」

「………………」

僕は思わず視線を落とし、口をつぐんだ。

僕の頭には、青縞へ行ったときのいざこざや、その後に続いた文との気まずい時間が焼きついている。もう同じことを繰り返したくはない。

それに文の誕生日はクリスマス前といえど、街の人出は前回以上に多いはずだ。そんな状況で、またはぐれないとも限らない。

「天舞くん」

黙り込んだ僕に、文が優しく声をかけてくる。顔を上げると、自信に満ちた笑みがあった。

「次は大丈夫だと思うんだよね」

「文」

「せっかくだから祝ってよ。任せてもいいんでしょ、俺の誕生日」

はっきりと言いきった文はかっこよくて、僕は反射的に「はい……」と答えた。かわいいとかっこいいを両立させてしまうなんて、文は本当に末恐ろしい。

「楽しみにしてるね」

文はそう言い残すと、自分の席へと向かった。離れた席で羽瀬川くんがにやついている。これはこれで気まずい。

「………」

立ち去っていく文の耳がほんのりと赤くなっていたのは、僕の希望が見せた幻だったのかもしれない。

その日から、僕の胸はずっと、期待と不安で落ち着くことがなかった。

そして迎えた土曜日、つまりは文の誕生日。

僕は前回以上に動揺しながら家を出て、そして前回以上に緊張して電車に揺られ青縞市へ向かった。

僕が想像していたような服装ではなく、文はいつも学校へ着てくるダウンジャケットとマフラーだったけれど、それでも最高に素敵だ。

文はきっと、何を着ても似合うと思う。僕が言うんだから間違いない。

「やっぱり混んでるね～」

「ああ」

青縞市のイルミネーションの点灯は午後五時。というわけで僕たちは点灯の瞬間を見ようと、お昼すぎに青縞市に着くようにやって来た。

今日は天気にも恵まれ、寒さもほどほど。せっかくの誕生日なので何か贈りたかったけれど、「ものはいらない」と念押しされたのを思い出してぐっと堪える。しつこいのは嫌われる、と女子がおしゃべりの中で言っていた。

文がもう一度ハンバーガーを食べたいと言うので、前回と同じ店でポテトをつまむ。

「それでさぁ、花が最近大人びたこと言ってくるんだよね～」

「花ちゃんは賢いからな」

文は終始にこにこと笑っていて、僕は自分がかっこつけるためだけに洒落《しゃれ》た店を選ぼうとしていたと気づいた。

家族のこと、学校のこと。他愛のない雑談が続いていく。店内は人でいっぱいなのに、僕の耳には文の声がはっきりと聞こえる。そのことが嬉しい。

食べ終わって店を出ると、街は暗くなり始めていた。さっきまでよりも人が増えている。みんな考えることは同じなのだろう。

文が「わ」と声を漏らし、少しだけ怯《ひる》んだのがわかった。

「文」

ここで男を見せずにいつ見せるんだ。

僕は密かに息を吐いてから、ゆっくりと手を伸ばした。今日の文は、手袋をしていなかった。頼むから、まだその手をポケットに入れないでほしい。

指先が文の手に触れる。ここまで来たら勢いだ、と僕は文と手を繋いだ。心臓が口から飛び出そうだった。

「天舞くん?」

文が僕を見てぱちぱちと瞬きをする。冷え込んだ空気のせいで頬が赤かった。

恥ずかしい。逃げ出したい。

時間を巻き戻したい。いや、巻き戻したらもったいない。

暴れ出したいようなこの気持ちを、僕はこの先も持て余さなくてはいけないのだろうか。

「こ、今度は……はぐれないようにしたいんだ」

なんとか絞り出した答えはそれだった。文は唇をきゅっと引き結んでから、柔らかな声で「そっかぁ」とだけ答えた。

その答えが、どんな感情を含んでいるのか、恋愛初心者の僕にはわからない。

恋愛のベテランなら判別がつくのかもしれない。僕はズルが嫌いだけれど、今だけズルをしてベテランになりたかった。

「もうすぐだ。行こう」

文は腕時計を見てそう言うと、繋いだ手を引いて進み出した。離れないようにしているのか、時々にぎにぎやられるので心臓に悪い。

「ほら、天舞くん」

イルミネーション会場はアーケードを抜けた先の広場にあった。

まだ点灯はしていないが、円形に開けたその中心には、巨大なツリーを模した円錐型《えんすいがた》の骨組み。そこから放射状に広がったコードにも、滴の形に似たライトが無数に垂れ下がっている。

「大がかりだねぇ」

「そうだな」

ひしめき合う人々の中で、僕たちはどちらからともなく手を握り直した。

友だちで、しかも男同士で、こうやって手を繋いでも許されるのだろうか。

初めて人混みに感謝した。誰も僕たちを見ていない。

突然、あたりに鐘の鳴る音が響き渡った。ざわめきと高揚。ちらりと文を見ると目が合った。気恥ずかしくて笑ってごまかす。

その瞬間。

「あ」

声を上げたのは同時だった。周囲からも歓声が上がる。

一斉にライトが灯り、視界いっぱいに色とりどりの光がきらめいた。見渡す限りの輝きの波。

肌がぶわっと粟立《あわだ》ち、目の奥がじんと熱くなる。繋いだ手に力がこもった。

荘厳な旋律が反響する。たくさんの人が同じものを見ている。

言葉にならない。本当に、心の底からそう思った。ただ電飾が光っているだけ、と見る人もいるのだろう。でも僕はそうは思えない。

この光の粒を目にした誰かが、少しでも幸せになることを願った人たちがいる。感傷的すぎる考えかもしれない。それでも、たくさんの善意が集まったものを、今、僕は好きな人と見ている。

心が動くって、こういうことだ。

美しいもの。きれいなもの。僕が知らなかっただけで、僕の心を強く動かすものは、きっと世界にたくさん存在している。

美しいのは僕だけじゃない。

「きれいだ」

佐里山町で暮らし始めなければ、そして文と出会わなければ、僕はこんな受け止め方をできなかった。

「文」

「ん？」

「誕生日、おめでとう」

僕は変わった。自分でそれがわかる。ただ自分だけを見ていた僕はもういない。

「ありがとう」

文が隣で呟く。僕はその横顔を見つめた。瞳に色とりどりの光が反射して、きれいだと思った。

「天舞くんと一緒だから来れた」

胸がいっぱいになる。

このまま時が止まればいい、という言葉があるけれど、僕はこの時間がすぎた先に何があるのかを知りたい。

「これからも、どこへでも連れて行く。文が行きたいところがあったら、僕が絶対に、何がなんでも連れて行く」

抑えようと思っても抑えられない。

周りに人がいることもどうでもよくなっていた。

どれだけ多くの人がいても、今、僕たちは二人きりでいる気がする。

「文が好きだから」

言葉にした瞬間、高揚と後悔がやってきた。

でも同時に、開き直る自分もいる。だって、今このタイミングしかなかった。

文はぱちぱちと瞬きをして、唇をわずかに開いた。

「そっか」

いつも僕に相槌を打つときの文だった。頬が緩んで僕の好きな笑顔が現れる。

「びっくりした。けど、嬉しい」

何か言わなければ、と思うのに、僕は言葉を使い果たしたかのように口をぽかんと開けるだけだった。文がどんな返事をくれるのか想像もしていなかった。

文は視線を泳がせたあと、ためらいがちに口を開いた。

返事が来る、と思った瞬間、僕は「文！」と名前を呼んでいた。

「へ、返事は今じゃなくていい！　むしろ後日でいい！」

「え」

「その、今いきなり言われても文だって困っているだろうし、僕は待てる男なわけだし、こういうのはすぐ返事をしなくちゃいけないものでもないですし」

「じゃ、じゃあ、後日……」

早口でまくしたてた僕に、文は頷いて答えた。

しまった。返事を聞くのが怖くて、つい先延ばしにしてしまった。

内心激しく焦る僕をよそに、文はまたイルミネーションに目を向けた。ふう、とため息に似た音が僕の鼓膜を震わせる。

「……とにかく、びっくりした」

「ごめん……」

「謝らないでよ」

楽しそうにそう言って、文は思いきり強く手を握ってきた。僕も負けじと握り返す。

美しい光の下で、僕たちはしばらくそうして笑い合っていた。

なんともむず痒《がゆ》い空気の中、僕と文は帰りの電車に乗った。

広場はあっという間に身動きが取れなくなり、駅に着くのも一苦労だったが、その間も僕たちは離れずにいた。

駅に着いて手が離れたとき、寂しい、と思ってしまった。

もし二度と触れられなかったらどうしよう。どうしようもないけれど。

「積もりそうだなぁ」

最後の乗り換えをして席に座った途端､文が窓の外を見て呟いた。確かにさっきからのしのしと雪が降り続けている。というか、すでに雪は積もり始めていた。明日の雪かきを考えるだけでぞっとした。

「うう……」

「元気出して」

ナーバスになった僕を見て、文が笑う。

車両の中には僕と文しかいなかった。佐里山町に住む人たちは車を使うことが多いから、そもそも電車に乗る人が少ない、と以前文から教えてもらった。

「……きれいだったね」

「きれいだった」

車輪が軋む音に混じって、ひとり言のように言う。勢い余って、言う予定がなかったことまで言ってしまったが、悔やんだところでどうしようもない。なるようになってほしい。

そう考えていたときだ。

ガタン、と大きな音を立てて、突然電車が止まった。身体が傾いて文にぶつかる。謝る前に今度は電気が消えて、車内を静けさが満たした。

「……えっ、なんだ?」

「止まっちゃったね。雪が多いから」

慣れた様子で文が言う。足元の非常灯がついたけれど、夜の暗闇の中では心許なかった。

文はポケットをがさごそと漁ったと思うと、使い捨てのカイロをひとつ「使って」と差し出してきた。

「ありがとう」

「どういたしまして。よく止まるんだよ。大丈夫、すぐにまた動き出すから」

文はまたひとつカイロを取り出し、袋を破った。僕もそれを真似てみたが、緊張で上手く破れなかった。

この緊張が文に伝わっていたら恥ずかしい。告白したばかりなので、少しくらいはかっこつけたい。

「ねえ、天舞くん」

「はいっ！」

不意に話しかけられて、僕はカイロを落としてしまった。即座に拾ってピリピリと袋を開けてみるけれど、どうにも気まずい。

文は、そんな僕を笑うことなく続けた。

「返事は、後日でいいって言ってたけど」

「……はい」

「やっぱり、今返事をしたいな」

ふと気づく。文の声はいつもよりも硬くて、視線は前を向いている。

僕の指先が、凍ったように冷たくなった。寒いから、という理由だけじゃない。僕の初めての恋が、ここで終わってしまうかもしれない、というどうしようもない恐れのせいだ。

告白してすぐに振られたら、今日という日を僕は一生忘れられないだろうな、なんて現実逃避した思考が頭を巡る。

「返事、してもいいかな」

文が、僕の手をそっと握ってきた。僕は思わず顔を上げた。

文は細く息を吐いてから僕を見る。窓の外の雪の白さが反射して、僕には文の微笑みがはっきりと見えた。

「もう答えは出てるから」

吐息混じりの優しい声。

僕がその意味を理解する前に、唇に柔らかくて温かい感触が触れた。

僕の知らない感触だった。

僕たちの周りから、すべての音が消える。

「……天舞くん」

離れていった温もりが紡いだ言葉は、僕の顔を真っ赤にするのに十分なものだった。

「俺も、君のことが好き」

＊＊＊

【文 side】

恋人ができてしまった。

いや、「恋人ができた」というよりも、「恋人になった」のほうが正しいのかも。

そう。俺には、御手洗天舞くんという恋人ができた。

「はあ〜……」

布団の上に仰向けになって、天井に向かってため息をつく。枕元にはスマホ。ついさっき五秒前に「おやすみ」とメッセージを送ったばかりだ。この四文字を打つだけで、体力を大幅に使ってしまった気がする。

「………」

まさか俺に、恋人ができるなんて思いもしなかった。

小学生のころにテレビで見た「恋愛」はあくまでも画面の向こうのもので、

自分には無関係だと感じていたから。

実際に、俺は誰かを好きになったことはなかった。

佐里山町の学校は人数が少ないけれど、その中でも「あの子はあの子が好き」っていう話は少なからずあった。

身近な人を好きにならなくても、画面越しに見る有名人が本気で好きっていう人もいたから、そんな気持ちになれない自分はどこかおかしいのかな、とも思っていた。

でも、人間って変わるみたいだ。

たぶん周りのみんなから見ても一番恋愛から遠い俺が、お付き合いをすることになったんだから。

しかも相手は天舞くんだ。

天舞くんが俺の恋人、って思うたびに「本当に？」と疑いたくなる。

天舞くんは人気者で、優しくて楽しくて、そして毎日会っていても会うたびに「はあ、かっこいい」と見惚れるくらいにかっこいい。そんな彼と、田舎町のどこの馬の骨とも知れない、どんくさい俺が付き合うだなんて。

天舞くんにはファンがいるから、このことが知られたら俺はネットで文句を言われるのかもしれない。「炎上」ってやつ。

でも俺はネットを見ないのでダメージがない。ダメージを喰《く》らうとしたら天舞くんだ。

天舞くんを悪く言う人がいたら腹が立つだろうな、とは思うものの、だからといって俺は恋人をやめる気にはなれない。

天舞くんと俺がつり合わないなんて十分すぎるほどわかってる。

わかってるけれど、天舞くんが好きだって言ってくれたから、俺も一緒にいたいって思った。

「う……」

昨日のことを思い出すと、顔から火が出そうになる。

じっとしていられなくて、俺は顔を両手で覆って足をジタバタさせた。

恥ずかしい。照れくさい。でもどうしようもなく嬉しい。

好きな人と気持ちが通じ合うってこんな感じなのか。自分の中で小さな爆発がたくさん起こっているみたいだ。

浮かれている俺の頭は、天舞くんとかわした言葉のひとつひとつや、天舞くんが見せてくれた表情を、何度も再生する。そのたびに、俺の胸はいっぱいになって、外に向かって叫びたくなる。叫んだら響いちゃうからやらないけど。

とにかく、図らずも俺の誕生日が記念日になってしまった。

天舞くんから誕生日の予定を聞かれたとき、俺は「この前のやり直しがしたい」と思った。

前回の汚名返上がしたかったからでもあるし、天舞くんをひとりじめしたい自分に気づいて、二人きりでいたい欲が出たからでもある。

初めての感情だった。

もう一度街へ出かけて、佐里山町ではない場所でも俺は天舞くんの隣にいられるという自信が欲しかった。それに、以前ポスターで見たイルミネーションはとてもきれいで、あれを天舞くんの隣で見れたら、きっと嬉しいと思った。

デート、という単語が頭に浮かんだけれど、すぐにかき消した。天舞くんは、俺のことを友だちとして見ているのに。

青縞の街はやっぱり混んでいた。けれど俺は平気だった。苦手だと思っていた場所でも、天舞くんの隣にいたら「大丈夫」に変わる。

天舞くんと手を繋いだとき、びっくりしてその場で飛び跳ねそうになった。でも全然嫌じゃなかった。どんなに人がいても、この手を繋いでいる限り俺は天舞くんのそばにいてもいいって思えたから。

天舞くんの隣で、イルミネーションを見て、好きだと言われた。人生で一番のびっくりがやってきて、信じられないとも思ったけれど、嬉しかった。その場で飛び跳ねたいくらいに。

俺の驚きと戸惑いを察したのか、天舞くんは「返事は今じゃなくていい」と言ってくれた。俺は告白なんてされたことがないから「そういうものなのか」と納得した。自分でもどんな言葉を返すべきかわからなかったし。

驚きが去ると今度はじわじわと実感が湧いてきた。好きだって言ってもらえた。目の奥がじんと熱くて、俺はごまかすために光の粒を見つめた。

そうか。そうだったんだ。

よく考えたらそうだよね。

俺、天舞くんのことが好きだったんだ。

そう気づいた途端、これまで自分の中でこんがらがっていた糸が、するするとほどけていくような感覚があった。

天舞くんが好きだから、ひとりじめしたかった。

笑っている顔や俺をじっと見つめる澄んだ瞳をずっと見ていたくて、俺以外の誰かと楽しそうに話しているともやもやした。

そう考えると、俺は随分前から天舞くんのことを好きだった。天舞くんはいつからだろう。聞いてみたいけれど、聞くのがちょっと怖い。

手を繋いでいることが嬉しい。誰かを好きになるって、好きになってもらえるって奇跡だ。天舞くんと離れたくない。

帰りの電車に揺られながら、俺は流れに任せて保留してしまった返事をどうするべきか考えていた。そのとき、電車が止まった。

窓の外に積もった雪は、わずかな青を含んだ白。どこまでも清潔なその色が、天舞くんの顔をほのかに照らしていた。

きれいだ、と思った。

俺の好きな人。初めて好きだと言ってくれた人。

何者でもない俺を認めてくれた。俺は俺のままでいいと教えてくれた。

後日に改めて返事、なんて無理だ。今すぐに「好きだ」って伝えたい。我慢なんてできない。

我慢しなくても、天舞くんなら許してくれるかな。

許してくれる、という確信があった。天舞くんは、俺の気持ちを受け止めてくれるって。

勝手に身体が動いて、気づいたら俺は天舞くんの手を握っていた。

このまま好きだって伝わったらいいのに。そう思ったけれど、言葉にしなくちゃ伝わらない。心臓がやかましい。この緊張を乗り越えた天舞くんはすごい。

天舞くんと目が合う。きれいだ。天舞くんがどんなに特別で完璧だとしても、天舞くんが選んでくれたのは俺だ。だったら、俺はもっと自信を持っていい。好き、という気持ちが止まらなくなる。俺だけを見ていてほしい。俺だけの天舞くんでいてほしい。

たくさんの願いがごちゃまぜになって、それでもやっぱり「天舞くんが好き」だけが残った。

その唇に惹かれて、俺は顔を近づけ、天舞くんにキスをした。言葉以上のものを届けたかったのかもしれない。

唇に触れる柔らかな感触。天舞くんだからこんなに柔らかいのかな、と思った。これまでで一番近づいて、天舞くんの香りにくらくらした。自分の心臓の音があんなに大きく聞こえるなんて、知らなかったことだ。

「……なんで俺、あんなことしたんだ！」

そこまで記憶を蘇《よみがえ》らせたところで、俺は耐えられなくなって身体を起こした。頰が火照って仕方がない。

キスなんて初めてだ。誰かとしたいと思ったのも天舞くんが初めてで、それなのに自分から仕掛けてしまった。

そして俺は天舞くんから顔を離したあと、自分の気持ちを伝えた。それから俺たちは手を繋ぐと、お互い手に汗をかいていた。電車が動き出すまでの時間は、長いようで短かったように思う。

そして帰り際に、天舞くんから「僕たち、付き合うってことでよろしいんでしょうか」と確認されたので、俺は「そうです。よろしくお願いします」と答えた。

最近気づいたことだが、天舞くんは緊張すると敬語になるらしい。

「……恥ずかしい」

掌で顔をごしごしと擦ってから、俺はため息をついた。

昨日から全然落ち着かない。頭の中のほとんどが天舞くん。元々存在感があるけれど、俺の中での存在感も大きくなってしまった。

明日は月曜日だから学校がある。つまり、天舞くんと顔を合わせないといけない。

早く会いたい。

でも、照れくさいから会いたくない。

恋愛をしている人たちって、みんなこのぐちゃぐちゃな感情と上手く付き合っているんだろうか。

だとしたらすごい。俺には無理だ。今テストを受けたら、全教科赤点を叩き出す自信がある。

「…………」

指先で、そっと唇に触れる。俺はまだあの柔らかさを覚えていた。

もう一度、俺は天舞くんとキスできるんだろうか。

迎えた翌朝。

俺が落ち着かないのと同じように、天舞くんもきっとそわそわしているんだろう、と俺は考えていた。

だって昨日の今日だ。

俺たちは恋人になって、早々にキスも済ませた。今までと同じように振る舞うほうが難しい。もしかしたらやりとりがぎこちなくなって、みんなから妙に思われるかもしれない。

起こってもいないことをあれこれ心配するのは俺の悪い癖だ。でも気になる。天舞くんはどんな様子だろう。昨日は眠れただろうか。

「おはよう、文！」

「……おはよう、天舞くん」

しかしいざ学校に着くと、天舞くんは拍子抜けするくらいあっさりと俺に声をかけてきた。それもとびきりの爽やかな笑顔で。

戸惑う気持ちとは裏腹に、その笑顔のまぶしさに目が眩《くら》みそうになる。どきどきして顔が熱い。俺の恋人になってしまった、天舞くん。俺ってとんでもない贅沢《ぜいたく》者だ。

どうしよう。気のせいか、いつも以上にかっこいい。そして今日もまつ毛が長い。

不自然に目を逸らしながら、俺は何を言っていいのかわからず、ぼそぼそと呟く。

「えっと、あの……」

「文。今日も一緒に帰れるか？」

「う、うん」

これまたさらっと聞かれて、慌てて頷く。天舞くんは完璧に整った微笑みを俺に向けて「じゃあ一緒に帰ろう」と続けた。これも頷いて応える。

ふと、違和感を覚えた。

一緒に帰れるのは嬉しい。嬉しいんだけど。

天舞くんはいつも通りだ。昨日よりもさらに前、俺たちが初めて青縞の街に遊びに行ったときよりも時間が巻き戻ったような。あくまでも友だちの距離感だ。

もしかして一昨日の出来事は全部俺の夢だったんだろうか、と考えたところで、天舞くんの唇に視線が引き寄せられた。ぼ、とますます頬が熱くなり、俺は慌ててマフラーに顔を埋めることにした。

あの唇の感触を知っている。夢なわけがない。夢だとしたらあんまりだ。

天舞くんはどうだろう、と様子を窺《うかが》ってみたけれど、爽やかな風でも吹きそうなくらいに、俺の恋人は平然としていた。

「そろそろ授業が始まるな」

「え？　あ、うん」

「じゃあまたあとで」

始業のチャイムが鳴り、天舞くんは手をひらめかせてから颯爽と自分の席へと戻った。

俺は釈然としない気持ちを抱えながらも、マフラーを外してコートを脱ぐ。

ゆっくりと椅子に座った途端、よれよれの声が出た。

「ええ……？」

天舞くん。

どうして君は、そんなに平気そうなんだ。

付き合い始めたばかりだから天舞くんも距離感がわからないのかな、なんて思っていた俺は考えが浅かったようだ。

俺だってお付き合いの距離感を知らないけれど、その後丸一週間、天舞くんは見事に俺と「友だちの距離感」を保ち続けた。キスの気配なんて微塵《みじん》もない。これまでのように授業を受けて、昼休みは一緒にご飯を食べて、二人で帰って……帰り道も特に何も起こらずに解散する。

雪がばしばしと顔を攻撃してくる吹雪の日は、何も起こらなくてもまだ納得できる。前に進むのもやっとで、無事に家に辿り着けたらそれでよし、という有様だから。

でも雪が一粒も降らない日に、しかも足元の雪も固まって歩きやすい日にも、天舞くんはただ当たり障りのない話を向けてくるだけだ。

おしゃべりは楽しいし、天舞くんのきれいな横顔を独占できるのは心が満たされるが、これって恋人って言えるのだろうか。

この前の水曜日だってそうだ。もちろん、天舞くんに期待するだけで待っているのはよくない。こっちも男を見せなきゃ、と俺はさりげなく帰る途中で手を繋ごうした。俺も天舞くんも手袋はしていたけれど、それでも手を繋ぎたかった。

しかし、だ。

俺がそっと手を近づけた瞬間、天舞くんはさっと自分の手をポケットの中に入れたのだ。「いや〜今日は一段と冷える」なんて白々しい言葉まで添えて。

さすがにこれはショックだった。俺の見間違いかもしれないけれど、いや、どう見ても天舞くんは俺を避けた。行き場のない右手がむなしくて、俺も無言でポケットに手を突っ込んだ。

よく思い出してみれば、天舞くんが手を繋いでくれたのは、青縞の街の人出がすごかったからだ。

はぐれたら大変だから。

そんな理由があったから、手を繋いだ。俺がかつて、よちよち歩きの花や紘の手を掴んで離さなかったように。

「てんまくん、久しぶり～！」

「なんで来なかったの～？」

「いやぁ、僕も忙しくてね。二人に会いたかったよ」

「……………」

そして一週間が経った月曜日。天舞くんは俺の家で夕飯を食べていた。

俺と天舞くんが一時期気まずくなっていたせいで、こうやってみんなで食卓を囲むのも久しぶりだ。

花と紘をはじめ、家族みんなが嬉しそうだ。俺を除いて。

今日も俺は天舞くんと一緒に帰ってきた。あくまでもオトモダチとしての距離感で、体育の時間にやったバスケの話をしていた。

天舞くんは当然のごとく大活躍で、俺も正直言えば試合に出るんじゃなくて得点を数える係をやりたかった。天舞くんがシュートを決める瞬間を、俺もじっくり見たい。みんなが一生懸命にスマホで写真を撮るのって、きっとこんな気持ちなんだろうと思う。好きな人の姿は、何度だって見返したい。

そしていつもは分かれる道に差しかかったところで、たまたま車で通りかかった母さんに「あら天舞くん！」と声をかけられた、というわけだ。

「お母さんの料理、やっぱりおいしいですね」

「もー、天舞くんって本当に褒め上手。ほら、味噌《みそ》のおにぎりもよかったら！」

「てんまくーん、また花がおにぎり作ってあげるね！」

「紘も作る！」

「二人ともありがとう。楽しみだなぁ」

「………………」

しかめっ面のままの俺を、ばあちゃんが不思議そうに見ていたけれど、上手く取り繕えそうになかった。

天舞くんは、本当に、全然、一ミリも変わらない。

口を開けば余計なことを言ってしまいそうで、俺はご飯を念入りに噛《か》んでいた。こんなときでもうちのご飯はおいしい。

天舞くんの腕に絡みつきながら、花が言う。

「てんまくん、クリスマスもうちに来なよ！　お父さんも帰ってくる予定なんだ～。プレゼント交換しよ～」

「それは楽しそうだ。でもクリスマスはどうかな。家で過ごすかも」

「え～！」

俺も「え～」と言いたかった。別に約束をしていたわけじゃないし、クリスマスが必ずしも恋人と一緒に過ごす日じゃないってわかってる。花が言ったとおり、父さんだって一時退院してくる嬉しい日だ。

でも、天舞くんから「その日は文と過ごす気はないよ」って言われたみたいで、ずきずきと胸が痛んだ。

その後、はしゃぐ花と紘とは対照的に、いつまで経っても俺の眉間の皺は取れなかった。最悪なことに、天舞くんとじゃれあう花と紘を見て「いいな……」とまで思ってしまった。兄失格だ。

天舞くんは俺のほうを見なかったから、その皺に気づいていたかどうかはわからない。

＊＊＊

夕飯を終えて天舞くんを見送ろうと玄関先まで出ると、外では粉雪がちらついていた。この分だと明日の朝もあまり積もらなさそうだ。

「……送っていこうか？」

マフラーを巻く天舞くんに聞いてみる。

居間からは花と紘の声が響いていたけれど、今はやっと二人きりだ。目が合った瞬間、どきりと心臓が跳ねる。好きだって自覚してから、俺の心臓は随分と忙しい。

「いや、もう暗いから」

天舞くんは苦笑で答えた。細めた目がきれいだ。

俺は少しためらってから言う。

「……で、でもさ」

「ん？」

怖いな、と思いながら手を伸ばして天舞くんの手首を掴んだ。払いのけられなかったことにほっとする。

「天舞くんを送っていったら……もう少し、一緒にいられるじゃん」

「………」

天舞くん。お願いだからそこで黙らないでほしい。

恥ずかしすぎて、自分でも顔が真っ赤になっているのがわかった。降ってきた雪が頬に当たってじわりと溶ける。

「文」

天舞くんが優しく俺の名前を呼んだ。

「嬉しいけど、今日は寒いからここでいい。また明日学校で会おう」

「天舞くん、あの」

このまま話を終えるのが嫌で、つい食い下がってしまった。

俺たち、クリスマスは本当に別々に過ごすの、とか、なんでそんなに平気そうに振る舞えるの、とか、聞きたいことはたくさんあった。

恋人になるって、変な感じだ。

友だちだったときには簡単に聞けたことが、聞けなくなる。

いくつもの言葉を口の中で転がしてから、俺はやっとのことで言った。

「……俺も今度、久しぶりに天舞くんの家に行きたいんだけど」

「えっ」

天舞くんの裏返った声。

そんなに驚くことかな。前までは普通に行き来してたじゃん。

「いやぁ、それは、ちょっと……」

思いっきり困った顔で、天舞くんは頬をかいた。

その反応はなんなんだよ、ともやもやした気持ちでいっぱいになる。

なんでだめなの、と言おうとしたところで、自分が面倒くさい性格をしているだけに思えてきた。俺だって、天舞くんを困らせたいわけじゃないし、何よりも嫌われたくない。

「じゃあ、今回はよしておこうかな」

物わかりのいいふりをして、無理やり作った笑みを向ける。

天舞くんは少しだけ悲しそうな顔をして、それからまた微笑んで「ごめん」と言った。何に対する謝罪なのかはわからない。


天舞くんが帰ったあと、俺は性懲りもなく部屋でスマホを見た。

更新されていない天舞くんのSNS。動きがなくても、ファンのコメントは増えている。

かっこいいとか。最近新しい写真が見れなくて寂しいとか。天舞くんと付き合いたいとか。

「ん？」

その中で、ひとつのコメントが目に付いた。

「『天舞くん、この前のゲリラ見たよ。相変わらずかっこいいね。また一緒に遊びに行こ』……」

アイコンは美人な女の子。他のアイコンに混じってとりわけ目を惹くから、モデルさんなのかもしれない。

興味本意でその女の子のホームへ行ったら、おびただしい数のきらきら写真に圧倒されてしまった。俺を真逆の人間にしたら、きっとこうなる。

天舞くんが東京にいたころ、読者モデルをして華やかな世界と付き合いがあったのは、本人から聞いたから知っている。きっとこの子とも、その繋がりで知り合ったんだろう。でも。

「また、って何」

自分の眉間にぐっと皺が寄ったのがわかる。

どのタイミングかはわからないけれど、天舞くんはこの美人な子と一緒に出かけたことがあるってことだ。俺が知らないだけで、今でも連絡を取り合っているのかもしれない。

この子に気を取られて、俺への興味がなくなったってこともあり得るんじゃないかな。

そこまで考えてすぐに、俺は「天舞くんへのコメントをいちいちチェックする俺って陰湿じゃない？」と自己嫌悪に陥った。

画面に向かって呟く。

「……俺のだよ」

口に出して、余計に自信がなくなってきた。俺はあんなにキラキラできない。クリスマスツリーの電飾を身体に巻きつけても、太刀打ちできない気がする。

スマホの電源を落としてため息をつく。

天舞くんは俺のことが好きだって言ってくれた。けれどあれはやっぱり、神さまが俺への誕生日プレゼントとして見せた、身のほど知らずの夢だったのかもしれない。

俺は天舞くんの隣にいたい、と決めて立て直したはずの心から、空気が抜けてぺしゃんこになる。

「からかわれたのかな」

不意に、そんな不安が襲ってきた。

天舞くんは人をからかうために告白してくるような人じゃない。だからこれは俺のつまらない考えだってわかってる。

でもどうしようもなく不安だ。俺は俺の知っている天舞くんを信じている。けれど天舞くんのすべてを知っているわけじゃない。

東京にいたころ、天舞くんに彼女はいたんだろうか。

こんなにたくさんのファンがいるんだから、交際経験があったって全然おかしくない。

そもそも俺は男だ。天舞くんに選ばれる理由が、自分じゃ見つからない。

「うわぁ〜……」

恋人になるって、本当の本当に大変だ。

これまで知らなかった嫌な自分と、向き合わなければいけなくなるからだ。

＊＊＊

翌日の俺は、たぶん人生で一番嫌な性格をしていた。

薄暗い気分がずっと晴れなくて、おまけに体育の時間にぼーっとしながら歩いていたら、何もないところですっ転んで腰を打った。ついでに足も捻ってよたよたと歩く羽目になった。

みんな駆け寄ってきてくれたけれど、こういうのって、心配されればされるほど恥ずかしい。

「文、保健室に行こう」

そこで颯爽と天舞くんが手を差し伸べてきたから、ますますバツが悪い。

誰のせいで俺がぼーっとしてたと思ってんの、と心の中で文句を言って、けれど声をかけてくれたことが嬉しくて俺は天舞くんの手を取った。

「おんぶするか？」

「……お気持ちだけいただきます」

みんなの前でおんぶされるなんて恥ずかしい。

でも、さらっとそんなことを言えてしまう天舞くんはやっぱりかっこよくて好きだな、と思った。

好きだから、自分の中で色んな感情がぐちゃぐちゃになって、どうしたらいいかわからなくなる。

「ねぇ」

天舞くんに手を引かれてゆっくりと歩きながら、渡り廊下に差しかかったとき、俺は思わず声を出していた。

「天舞くんの家、どうしても行ったらだめ?」

我ながら不満がありありと滲《にじ》んだ声だった。欲しいものを買ってもらえない子どもみたいだ。

「だ、だめだ」

「なんで」

立ち止まってうろたえる天舞くんにすかさず尋ねる。天舞くんは俺の手を握り直してから、目を泳がせて答えた。

「我が家では、今、お客さんを入れない期間になってるから……」

「何それ」

今度は尖った声が出た。

だって、本当に「何それ」だった。全然理由になっていない。

天舞くんの肩が怯《おび》えたようにびくりと跳ねる。

「天舞くん。今から俺、すっごい面倒くさいこと言うけど、いい？」

「え」

「だめって言われても言うけど」

こんなふうに我慢できなくなるなんて初めてだった。天舞くんは俺の笑った顔に元気づけられるって言ってくれた。でもこんな状態で笑っていられるほど、俺は器が大きくない。

嫌われるかもしれない、と思ったけれど、それ以上に天舞くんに避けられている理由が知りたかった。

「俺、天舞くんに好きって言われてすっごく嬉しかった。でも」

「わ、別れ話は嫌だ！」

「え？」

突然そう言われて、つい変な声が出た。

別れ話って、何が。天舞くんは俺の手を握ったまま言う。

「せっかく文と付き合えたのに、別れるのは嫌だ」

「なんでそんな話になるの？」

「……違うのか？」

「違うよ」

なんだか誤解があるらしい、と気づき、俺は深呼吸をしてから天舞くんを見つめた。

しっかりと俺を見てくれる眼差し。荒れていた自分の心が凪《な》いでいく。

それでも、伝えようとしなければ、伝わらない。

「天舞くん、付き合ってからも今までと変わらない態度だし、俺が手を繋ごうとしても逃げちゃうし、二人になるのも避けるし、家にも行っちゃだめって言うし」

「う……」

天舞くんはものすごく気まずそうだった。やっぱり避けていた自覚はあるんだな、と思うと気持ちは萎《しお》れたけれど、それでも思ってることは言葉にしなければ伝わらない。

「そういうの、俺だって不安になるよ」

「………」

「俺ばっかり好きじゃん。ずるい」

俺って本当に面倒くさい。

こんなふうに気持ちを押しつけるつもりじゃなかった。

さすがに天舞くんも引いたかな、と思ったが、みるみるうちに目の前のきれいな顔は赤く染まっていく。薄い唇がわずかに開いた。

「僕はずるくない」

掠れた声が漏れて俺に届く。そのまま言葉は続いた。

「ただ、自制心がないだけだ」

「……ん？」

「僕がどれくらい文のことを好きか、わかってないだろ」

「な」

自分のことは棚に上げて、「何言ってんの」と返しそうになった。だってそんなの、さらっと吐いていい台詞《せりふ》じゃない。

天舞くんが一歩踏み出す。俺たちの距離が近くなる。

「僕は本当に、本当に文のことが好きで……誰かと付き合うのも、こんな気持ちになるのも初めてで、でも」

「…………」

「好きだから、二人きりになると……そ、その、手を出しそうで」

きっと俺の顔も真っ赤だった。

そんな理由で俺を避けていたって言うんだろうか。

恥ずかしくて、照れくさくて……けれど嬉しいし、ほっとした。

俺は、俺が考えている以上に、天舞くんに好かれているのかも。

冬の渡り廊下は冷たい風が吹き抜けているのに、ちっとも寒さを感じない。

その先を言えなくなった天舞くんに、俺はおそるおそる返す。

「手、出したらいいじゃん」

「なっ、そ……！　文、自分を大事にしないとだめだぞ！」

「天舞くんが大事にしてくれたらいいと思う」

「ぬう」

自分でも何を言っているのかわからなくなってきた。俺の手首を掴む天舞くんの手を、もう片方の手で包むようにして握る。

肌に触れるとあたたかい。

当たり前のことなのに、天舞くんに教えてもらって、理解した。天舞くんと、これまで知らなかったことを知っていきたい。

天舞くんがもごもごと言う。

「態度を変えないようにしていたのは、あれだ。付き合い始めて浮かれていたら、大人っぽくないだろ」

「はい？」

首を傾げると、天舞くんはやけになったように答えた。

「文だってかっこいい彼氏がいいだろ！　まあ僕は元々かっこいいけど！」

「そうだねぇ」

「そうだろう。……じゃなくて、大人っぽくてかっこいい彼氏のほうがいいだろ！」

俺は何度か瞬きをしてから、つい「ふへ」と笑ってしまった。天舞くんがますます赤くなる。

「かっこ悪いところを見せて、文に幻滅されたくなかったんだ」

雪が俺たちの周りを舞い始める。

天舞くんなりに真剣に考えた結果が、これまでの態度なんだ。

そう理解した途端に、俺を苦しめていた胸のもやが晴れていく。

俺は何を疑っていたんだろう。

天舞くんは嘘をつかない。だから、天舞くんが「好き」と言ったら、それは絶対に揺らがないんだ。

鼓動が速まるのを感じながら、俺は言う。

「天舞くんは、そのままでいいよ」

「でも」

「天舞くんだって、俺は俺のままでいいって言ってくれたじゃん」

自分を認められない俺に、「文は、文であるだけで価値がある」という言葉をくれた。俺はあのときにもう、天舞くんのことが好きになっていた。

ごめん、としょんぼりうなだれる天舞くんがかわいくて、俺はまた笑ってしまった。

「いいよ」

握っていた手を離して、天舞くんを見る。

これまで見たことがないくらい、美しい顔がそこにある。きっと、世界で一番かっこいい、俺の恋人。

「天舞くんだから、許してあげるよ」

そして、天舞くんが手を出さないなら、俺から出してあげよう。

俺は両腕を広げて、一歩踏み出した。

俺たちの束の間の言い合い、そして仲直りのハグが、体育館からこっそり付いてきていたクラス全員に目撃されていたと気づいたのは、その三十秒後のことだった。

8　世界はひらかれている

僕が世界一美しい、という事実については誰もが知るところだが、ここに来て新事実を発見してしまった。

僕の恋人・鐘月文は、世界一かわいいということだ。

「休みなのに宿題がこんなにたくさんあるなんて……」

「そ、そうだな」

終業式が終わり、冬休みがやってきた。

文に幻滅されないように、と振る舞った僕の言動は見事に文を不安にさせていたらしく、僕は反省の証《あかし》として、休みの初日に文を家に招いた。

勉強を得意としない文と、一緒に宿題をやるという名目だった。

しかし、前日の夜にそわそわしすぎて冬休みの宿題をすべて終わらせてしまった僕は、文の隣で勉強をするふりをしながら、なおもそわそわするしかなかった。

「う〜、休憩」

「そうしよう」

文はペンを置き、大きく伸びをした。真っ白なトレーナーがよく似合ってる。というか、かわいい。圧倒的にかわいい。トレーナーに「かわいい」というロゴが入っていても「そのとおり」と納得してしまう。

文のかわいらしさは、言葉では上手く説明できない。

辞書の端から端まで探しても、ふさわしい単語は見つからないように思う。

丸い目と小さな口、癖のある真っ黒な髪。視線の向け方、言葉の選び方やのんびりとした話し方。仕草のひとつひとつに強く惹きつけられる。

「どうしたの?」

「いっ、いや、別に」

じっと文を見つめていたら、反対に見つめ返されてしまった。目が合うだけでどきどきする。付き合ったらこの症状はいくらかましになるんじゃないか、と期待していたけれど、かえってひどくなっている気がした。

恋人になるって、どういうことなのだろう。

「付き合う」というのは、目には見えない口約束にすぎない。けれど誰よりも好きな相手の、たったひとりの「特別」になれる。それが恋人だ、と僕は思う。

「ところで天舞くん」

「ん？」

文はいたずらっぽく笑うと、すっと顔を寄せてきた。

「……俺たち、恋人らしいことはしないの？」

「えっ！」

恋人らしいこと、というと、つまりキスとかそういうことなんだろう。

初めてのキスは文からだった。あのとき、僕はただ驚いて固まっているだけだった。もっとじっくり記憶しておけばよかった。

しかし今はそんなことを惜しんでいる場合ではない。恋人たるもの、立場は対等かつ平等であるべきだ。

となると、次にキスを仕掛けるべきなのは、僕だ。そうだ。僕から「恋人らしいこと」をしないといけない。

僕が思い悩んでいる間に、文は少し不満げに唇を尖らせた。

「天舞くんがその気がないならいいけど」

「いや！　その気はある！」

「あるんだ」

即答すると、くすくすと笑う文の肩が揺れた。丸い目が細くなり、唇の間から白い歯が覗いていた。

「……ある、だろ。それは」

僕は小さく答えて、文の手を握った。僕よりもずっとよく働く手。けれど僕よりも、少し小さい。

緊張すると汗ばむ人体のメカニズムをなんとかしてほしい。文の前では紳士的に振る舞いたいのに、取り繕うことすらできない。

「文」

声に出してみると、響きが丸くていい名前だな、と思ってしまう。目の前の瞳の光が緩んだ。

顔を傾けて、気持ちを確かめるようにゆっくりと唇を合わせた。柔らかな感触に、頭の中が一気に熱くなる。

息なんてできなかった。

これまで僕は、どうやって呼吸をして生きてきたんだろう。

このまま息の吸い方を忘れるかもしれない、と思い、僕は顔を離した。

「……わー、もう、照れるね」

文が癖のある前髪を撫でながら、はにかむ。文の頬は赤くて、それに気づいた途端胸がいっぱいになった。もう、本当に、どうしようもなくかわいい。

神さまがいるなら跪《ひざまず》いて感謝したい。

「文」

「ん？」

「もう一回したい」

決死の覚悟でそう告げると、文は肩をすくめて笑った。

「どうしよっかな」

「う……」

「嘘。俺もしたい」

「嘘はよくない」

「そうだね」

その笑い声を閉じ込めるようにして唇を合わせる。

僕の指を握る温もり。

相手をひとりじめできること。ひとりじめしてもらえること。

この人に触れたい、という望みを叶《かな》えられること。

恋人になるって、なんて素晴らしいんだろう。

「これが骨抜きってことか」

文が帰ったあと、僕はぶつぶつと自己分析を進めながら庭の雪かきをしていた。

家の中から母さんが「ほどほどにしときなさいよ」と心配してくれていたが、身体を動かしていないと落ち着かないので、ほどほどでは終われそうになかった。ざくざくと雪を割く小気味よい音があたりに響く。

「…………」

僕は二回目のキスを経験したあとに、三回目と四回目のキスも済ませてしまった。

どちらからともなく唇が触れて、頭の中はずっと燃えているように熱かった。顔を離したとき、僕も文も何も言えなくなって、それからは勉強どころじゃなかった。

文の宿題の邪魔をしてしまったな、と反省はしているものの、強靭《きょうじん》な僕の精神力をもってしてもキスの魅力には抗えなかったので仕方がない。

「うっ、うお〜……」

意味のない声を吐きながら、僕は一心不乱に雪を片づけるしかなかった。

動きを止めると、キスの瞬間を何度も思い出してしまう。文の唇の温度。遠慮がちな瞬き。

本音を言えばその場に倒れ込んで「わー！」と叫びながらのたうち回りたい。

付き合い始めて、文が意外と大胆だと知った。

顔は真っ赤にするけれど、キスを仕かけてくるし、僕の部屋にも来たいと言ってくれるし、僕に「手を出したらいい」なんて許可してくる。

僕が想像していた以上に、文は僕のことが好きなようだった。奇跡みたいな話だ。

文のことが好きで、これ以上好きになれないくらいだと思っていたのに、とんでもない。

時間が経てば経つほど、そして言葉をかわして、目が合うたびに、僕は文を好きになっていく。

僕は僕が完璧だと信じている。

でも文は、完璧な僕じゃなくてもいいという。

好きな人に、ありのままの自分を受け入れてもらえるなんて、きっとすごいことだ。

世界中に文の素晴らしさを自慢したいし、それと同時に文を誰にも知られないよう隠しておきたい。

恋とは恐ろしい。

理論的な思考が一切できなくなっているのが、自分でもわかる。

「天舞！　そろそろ中に入りなさい！」

「……はい」

母さんにどやされて渋々家に入る。

「冬休み、か……」

長い休みを、多くの人々は喜ぶのだろう。

でも学校が休みになるってことは、毎日文と会えるわけじゃなくなるってことだ。

僕の不安は的中した。

文と思うように会えなくなったのだ。

農家である文の家は皆働き者で、田畑が雪に覆われている時期はのんびりとお休み……というわけでもないらしい。家族が食べるための野菜を雪下で育てたり、来年の春から始まる作業のための農機具の手入れをしたり、とそれなりに忙しいのだという。

あれほど大人の男として振る舞おうとしていた僕だが、会いたいのに会えない、となってくると、どんな手を使ってでも文に会いたくなってくる。

当初、文に手を出さないよう別々に過ごそうとしていたクリスマスも、「花ちゃんと紘くんにサンタさんとしてプレゼントをあげたい」というもっともらしい理由を付けて、鐘月家に乗り込むことに成功した。

僕がサンタ服で優雅に現れたとき、文をはじめみんなが笑って喜んでくれたので誇らしくなった。僕はサンタ服ですら着こなしてしまう。

一時退院していた文のお父さんとも会うことができた。

穏やかな物腰で、優しく微笑んでくれるので、つい「息子さんをいただいてもよろしいでしょうか」と口を滑らせそうになった。まだその段階は早い。が、いずれはその段階へ進みたい。

鐘月家を後にするとき、僕は玄関先で文に新しい手袋を贈った。

文は素直に笑ったあと、「俺、何も用意してない！」と悲痛な声を漏らした。

「来年はちゃんと準備するから……その、高いものは無理だけど」

「文がいてくれるならプレゼントはいらない」

本音だった。文からプレゼントをもらうより、文の隣にいられる権利が欲しい。

文が苦笑いで続ける。

「まーたそんなかっこいいこと言ってさぁ……。そうはいかないじゃん」

「僕は気にしない。それより」

「ん？」

「来年も一緒にいてくれるんだな。ありがとう」

「まあね」

無意識に言っていたらしい文は、拗《す》ねたように唇をへの字に引き結んだ。僕は文の肩に手を置いて、触れるようなキスをする。

文のまつ毛がぴくりと震えた。キスをするときの癖だ。

胸が無性にざわめいて、僕は唇を合わせたまま舌を伸ばした。文の唇を舐めると、閉じていたそれはわずかに開く。

「ん……」

するりと舌を差し込んで、文の舌を誘った。まつ毛がまた震える。怖がらせていないだろうか、という不安が僕を包む前に、文の舌が応えた。おずおずと舌を絡ませて、文の肩に置いていた手を頬へと移す。柔らかくて気持ちがいい。

吐息を交換するような、密やかで、けれど深いキス。

「……いきなりするのはずるいよ」

「ごめん。つい」

顔を離した瞬間、文に叱られた。でも文は「ずるい」と言いながらも、幸せそうに目を細める。なんだその愛おしさ満点の笑い方は。

結婚しよう、なんて言いそうになった。

毎日この笑顔を見れたら、僕は世界一の幸せ者になれるのに。

しかし、クリスマスがすぎると今度は年末の忙しさが訪れた。

これまでさほど年末年始を重視していなかった我が家も、しめ縄やら鏡餅、挙句の果てには門松も用意しなければという話になり、僕まで買い出しに駆り出されるようになった。

当然文も忙しく、やりとりは夜に眠る前の「おやすみ、天舞くん」だけ。文から「天舞くん」という文字が送られてくるだけで僕の脳内では文の声で再生されるので嬉しいのだが、やっぱり直接会って話したい。

しかし悲しいかな、電波の脆弱な佐里山町では、無料アプリの通話機能だとぶちぶち音が切れてしまうのだ。

「恋わずらいだ……」

自分で診断名を下してため息をつく。

照れるときに前髪に触れる文の癖を思い出すだけで「今から雪かきをしたほうがいいな」という気分になった。

寝ても覚めても文のことばかりだ。幸福と苦悩が同時に存在し続けている。

でもそんな自分を、僕は結構気に入っていたりする。


そして、あっという間に大晦日《おおみそか》が訪れた。

「天舞くん。こんにちは～」

もう六日も文に会えていない、と腐って庭で作業をしていた僕だったが、なんと愛しの恋人は、わざわざ向こうからやって来てくれた。

「文！」

「……なんかすごいね」

「ん？」

駆け寄って抱きしめようか、と思ったところで、文が呆れたように笑みを浮かべた。

「紘と散歩がてら寄ってみたんだ」

そしてその言葉のとおり、文の隣にはもこもこに着込んだ紘くん。そして愛犬のポロもワフワフと尻尾を振っている。危ない。勢いで抱きしめなくてよかった。

「てんまくん、すごい！」

目を輝かせた紘くんの視線の先を追って振り向くと、僕の作った雪だるまの群れが庭に並んでいた。無心で作っていたら、いつの間にか数が増えてしまったのだ。

小枝や葉っぱも駆使したので、顔と手もついている。僕には雪だるま作りの才能もあるのかもしれない。

文がくすくすと笑いながら聞いてくる。

「どうしたの、いきなり雪だるま職人になっちゃって」

「あり余るエネルギーを、なんとかしようと……」

「それでこんなに？」

「僕のいいところは何事にも全力で取り組むところだ」

「なるほど」

笑いを堪えるようにしている文は、今日も安定してかわいらしい。紘くんが「わー！」と雪だるまの間を駆け回るのを見守りつつ、僕たちはそっと目配せをした。

文は「本当は、どうしても会いたくて来てしまいました」と、僕に特大のときめきをぶつけてきた。よく見ると、僕が贈った手袋を着けてくれている。

「天舞くん、ご近所さんたちの雪片づけもしてるって聞いたけど」

「それもエネルギーがあり余って……」

「すごい。そして偉い」

そんなに偉いなら頭を撫でてほしいな……と不埒《ふらち》な願望が頭をよぎったが、紘くんがいる手前、言葉にすることはできなかった。

密かに歯噛みする僕の横で、文は少し口ごもり、それから意を決したように言う。

「天舞くん。明日、っていうか、今日の夜中、外に出れる？」

「え？　……あ、も、もちろん出れる！」

つまりそれは、夜中に秘密の逢瀬をするってことじゃないのか。

どきどきとやかましい心臓の音が、文に聞こえてしまいそうだった。

文は小さく「やった」と呟き、ふわりと微笑んだ。

「年越し、一緒にしようよ。年越しっていうか、佐里山神社への初詣かな」

「行く！　絶対に行く」

僕は勢い余って文の両手を掴んで答えた。

佐里山神社といえば、このあたりで一番大きな神社だ。まだ訪れたことはないが、鮮やかな鳥居の存在はこの町に来たときから知っていた。

文と一緒に初詣。これ以上ない新年の幕開けになる。

文が嬉しそうに「ふふ」と笑う。

「じゃあ、明日の夜迎えに来るね」

「わかった。待ってる」

「先に寝たりしないでよ」

「僕は約束を守る男だ」

ひそめた声で話していると、いつの間にかそばまで戻ってきていた紘くんが、しげしげと手を握り合う僕たちを眺めていた。

僕も文も、慌てて手を離す。が、色々と遅かった気がした。

紘くんがのんびりと言う。

「てんまくんと文にぃって、なかよしなんだねぇ」

「……まあね」

文がどこか得意げに言うものだから、僕の胸はほこほこと温かくなってしまう。文は僕を喜ばせる天才なのかもしれない。

「仲良しだ。世界一」

僕も負けじとそう言うと、文に軽く肩を叩かれた。なぜ。

「ふーん。いいことだねぇ」

感心した口ぶりでそう言った紘くんが、もしかしたらその場で一番冷静だったかもしれない。

「寒い！」

「寒いね～」

口を動かすたびに息が白くなる。

互いに約束を守った僕たちは、年越しのその瞬間を神社で見届けようと、佐里山神社の階段を上っていた。

神社は山を切り拓いて建てられたらしく、階段は恐ろしく長い。おまけに降り積もった雪が夜中の寒さで凍り、油断していると滑り落ちてしまいそうだった。

「外で年越しするなんて、初めてだ」

「俺も初めて。どきどきする」

滑ると危ないから、というちょうどよい理由を見つけて、僕と文は手を繋いでいた。手袋越しでも体温が伝わる。

佐里山神社で年越しをしようと考えているのは僕たちだけではないらしく、あちらこちらに階段を上る人がいた。

だが、みんな足元に気を取られ、僕たちを見ていない。僕が「注目されなくて嬉しい」と思うようになるとは。

「着いた！」

息を切らして上った先にはひらけた境内があった。松明《たいまつ》が橙色の火花を散らし、舞い始めた雪を溶かしていく。

文が腕時計を見て笑いかけてくる。

「あと五分。ちょうどよかったね」

顔を覗き込まれた上に手を握り直されて、僕は自分の顔が緩んでいくのがわかった。

「……なんだか、文にリードされてばかりで悔しい」

「ええ？　どこが」

「だっていつも、文が僕の手を引いてくれるだろ」

僕が自転車に乗れなくてうじうじ言っていたときから、文は僕を導いてくれた。

佐里山町へ来たばかりのころ、僕は「こんなど田舎で何をしたらいいんだ」と思っていた。人から褒められ、認められることが僕にとってのすべてだった。

でもそうじゃない。

誰からなんと言われようと、僕は僕だ。

そして多くの人に認められるよりも、たった一人の大事な相手に受け入れてもらえるほうが、ずっと素敵だ。

そうかなあ、と首を傾げてから、文は楽しげに言う。

「じゃあこれから巻き返してよ」

「わかった。僕のリード力に期待してくれ」

「期待します」

顔を近づけて囁《ささや》き合う。ここが僕の部屋だったらキスをしていた。

火花がまたぱちぱちと跳ねて、どこからか「あと一分！」と声が上がる。いつの間にか、境内には参拝の列ができていた。

「並ぼう、文」

「うん」

一番後ろに付いて、カウントダウンの声を聞く。

古い一年が終わり、新しい一年が始まる。

それは、ただの一日の切り替わりなのかもしれない。

でも確実に、僕たちは新しくなっていく。

「新年、あけましておめでとうございます！」

境内から朗々とその声が響き、その場にいる人たちが一斉に手を叩いた。手袋をしているから、ぽふぽふと柔らかい音が鳴る。

「天舞くん。あけましておめでとう」

「あけましておめでとう、文」

隣に文がいてくれる。

なんだかたまらない気分になって、僕は文のこめかみに、そっと唇で触れた。

途端に文は真っ赤になり、空いているほうの手で「こら」と僕の脇腹を小突いてくる。こめかみで我慢したのを褒めてほしいくらいだというのに。

「あ！」

じわじわと列を進んでいたところで、文が突然声を上げた。ダウンジャケットのポケットを何度も漁ってから、悲しげな声で言う。

「うわ〜、財布忘れちゃった……お賽銭《さいせん》しようと思ってたのに」

「仕方ない。僕が貸してあげよう」

「ありがと。お賽銭って借りたお金でもご利益《りやく》あるかな……」

「どうだろう。試してみよう」

とりあえず、と僕は財布から五円玉を出して文に渡した。

「来年、ここで返してくれたらいい」

自分でも緊張した表情をしているのがわかった。

クリスマスにした「来年」の約束を思い出す。小さな約束を繋いでいきたいと思った。

文はわずかに目を見開いたあと、顔いっぱいに笑って答える。

「うん。ちゃんと返すよ」

やがて僕たちの順番が来て、それぞれ五円玉を賽銭箱へ投げ入れる。思い返してみれば、こうしてちゃんとした初詣をするのは初めてかもしれない。

正しい手順がわからないまま、僕は隣で両手を合わせる文の真似をした。冷たくて清々しい空気が肺を満たす。自分が内側からきれいになっていく気がした。

来年も、文とまた一緒にここへ来れますように。

煩悩しかない願いでも、神さまは叶えてくれるのだろうか。

「お賽銭って、本当は願い事が叶ったときのお礼のために入れるんだって」

帰り際にもらった甘酒を境内の端でちびちびと飲んでいると、不意に文がそんなことを言った。

「前払い制じゃないのか」

「そうみたい」

前払いって言い方さぁ、と文が肩を震わせる。

日をまたいだばかりの空気は凍るように冷たかったけれど、体の中はぽかぽかと温かい。

ほう、と文が吐いた息が消えていく。境内を囲む木々の枝に、柔らかな雪が積もっている。

「じゃあ、やっぱり一年後もここに来られるよう、頑張らなくちゃな」

口に出してから思う。

願いというのは、決意表明みたいなものだ。願うことによって、その願いが叶うように、自分自身が努力することに意味がある。

「俺も、お礼を言いに来たい」

ふと、僕と文は同じことを願ったんじゃないか、と思った。

一緒にいたい。

僕と文がどちらもそう願ったのだとしたら、その願いの力は、きっと倍になる。

「今度は僕が文の家に迎えに行く」

「うん。待ってるね」

これから先、僕と文には何が起こるのだろう。

不安も心配も尽きない。けれど、それ以上に文との未来を楽しみにしている自分がいる。

僕たちはまた手を繋いで、ゆっくりと階段を降り始めた。肩と肩が触れ合う。触れ合った場所から、どきどきが伝わってしまうんじゃないかと思った。

「天舞くん」

文が立ち止まって僕を呼んだ。

どうした、と文のほうを見ようとしたところで、頬に柔らかなものが触れた。

「お返し」

顔を離して、文がはにかむ。僕はぽかんと口を開けたまま何も返せなかった。

すでにご利益があったと言ってもいい。僕は今から戻って一万円くらい賽銭箱にねじ込んできたほうがいいんじゃないだろうか。

「……文」

「ん？」

「今から、うち、来るか？」

僕は恥をかなぐり捨てて文に言った。

「二人きりになりたい」

文は一瞬黙ったあと、目を細めて答える。

「行きたい」

「来てほしい」

「さっそくリードしてくれるじゃん」

「僕は有言実行の男だからな」

とりとめのない会話をしながら、階段を下りていく。

目線を上げると、雪に覆われた町が広がっていた。しんと静まり返り、けれど点々と明かりが灯っている。

華やかなものや刺激的なものは何もない。山に囲まれ、澄んだ空気に満ちた町だ。

「文」

それでも、ここでなければ得られないものが、たくさんある。

「僕はこの町に来れて、よかった」

狭くなっていた僕の視界を広げてくれた場所だ。

そして何よりも、この場所へ来たことで、たった一人の大事な人に巡り会えた。

「俺も、天舞くんが来てくれてよかった」

掌の中の確かな温もり。

世界一愛おしくて、離れがたいもの。

雪が降っている。

視界いっぱいの白い世界が僕たちを包む。

この町の春が見たい、と強く思う。

僕が知らないものを、好きな人の隣で見てみたい。美しいものも楽しいものも、時には悲しく辛いものだって、文と一緒なら受け入れられる。

世界は、僕たちのためにひらかれているのだから。

番外編　ときめきと湯けむり

【文 side】

冬休みはあっという間に終わってしまった。

のんびりと過ごせる楽しい時間って、どうしてすぐにすぎてしまうんだろう。

毎年、長い休みは期間の半分をすぎたあたりで飽きてしまうけれど、今回の冬休みはいつもと違った。天舞くんがいたからだ。

天舞くんと年越しができたのは新鮮で楽しかったし、その足で天舞くんの家にそっとお邪魔して、電気を消したままおしゃべりをしたのもいい思い出だ。

一枚の毛布に二人でくるまったまま、天舞くんは俺にあれこれ美容方法と武勇伝を語ってくれて、俺はくすくす笑ってその話を聞いていた。天舞くんの話はいつだって面白い。

俺と天舞くんはベッドを背もたれにしていて、たぶんどちらもベッドの存在を意識していた。

どちらかが誘ったら、関係が一歩進む。

けれど照れくさくてどちらからも言い出せない空気があった。

会話が途切れると、俺たちは何度も重ねるだけのキスをして、三回に一回くらいは深いやつをした。顔が離れるとそのたびに照れて笑い合った。

掌を合わせて指を絡めた。天舞くんのほうが手が大きい。指がすらりと長くてきれいだ。

天舞くんの笑った顔を見ると安心する。嬉しくて仕方がないって笑い方をするから、俺もつられて嬉しくなってしまう。

結局、俺たちは話しているうちに眠っていたようで、元旦の朝は、部屋に入ってきた天舞くんのお母さんの「文くんいつの間に来てたの！」の声で目を覚ますことになった。天舞くんのご両親が寛大な方たちで助かった。

冬休み中なのをいいことに、俺たちはほぼ毎日お互いの家を行き来していた。

俺は宿題が嫌でめげそうになったときもあるけれど、天舞くんがサポートしてくれた。

とにかく、毎日楽しくて仕方がなかった。

恋人ができるってすごいことだ。

家族には、天舞くんと付き合っていることは言っていない。

うちの家族はみんな天舞くんが好きだ。でも俺の恋人になった、と伝えたらものすごく驚くと思う。じいちゃんとばあちゃんは、男同士で付き合うって言っても受け入れるのが難しいかもしれない。なぜか花は天舞くんとの関係を察している様子なのがちょっと怖い。俺が浮かれすぎているからかな。

そんなふうに悩んでいるうちに、冬休みが終わり、始業式の日がやってきた。

式は午前中で終わり、一年生のみんなで「正月太りだ～」とか「宿題やばかった」なんて話をしていた。すると、帰り支度をする俺の元へ天舞くんが近づいてきた。

「文、一緒に帰ろう」

「うん。天舞くん、今日うち来る？」

「行きたい！」

　ぱっと花びらが散りそうなほどの華やかな笑顔で頷かれて、俺は小さく「う」と漏らした。まぶしい。俺の彼氏は顔がいいので心臓に悪い。

　窓から外を見てみると、雲はちらほら見えるものの、青空と呼んでいい天気だった。しばらく雪は降らなさそうだ。

　これなら天舞くんとおしゃべりをしながら、ゆっくり歩いて帰れるな、と俺は思っていた。

　でも、その予想は大きく外れてしまった。

「死ぬかと、思った……！」

「さ、寒いね……」

　俺と天舞くんは雪で濡《ぬ》れた身体をぶるぶると震わせて、命からがら俺の家へと辿り着いた。外は青空の気配すらなく、今や猛吹雪へと変わっていた。

母さんが台所から出てきて、寒さのあまり玄関で立ち尽くす俺たちを見て驚いた声を上げる。

「ちょっと、大変じゃない！　すごい雪だったでしょう」

「は、はい……遭難しかけました……」

天舞くんはいつものキラキラスマイルで答えようとしていたけれど、顔が凍っているので上手くできないようだった。俺は隣で「ずび」と鼻をすする。

本当に寒かった。

今日は晴れ、と信じていたのに、学校を出て五分も経たないうちに、空には灰色の厚い雲が立ちこめた。

そして、突然の吹雪。それも、佐里山町でも一年に一回あるかないかのひどいやつだ。

冷たい雪がばしばしと顔面を叩き、まともに目を開くこともできなかった。

ぶつかってきた雪は体温で溶けて、今や全身はぐっしょりと濡れている。俺も天舞くんも、今日に限って薄手のコートを着ていたから身体の芯まで冷えきっていた。

家に帰る途中、天舞くんがずっと「文、寝るな！　寝たら死ぬぞ！」と叫び手を繋いできたので、俺は笑いを堪えるのが大変だった。さすがに寝ません。

思い出し笑いで俺がにやけていると、母さんは「いつまで突っ立ってんの風邪ひくわよ」とタオルを持ってきてくれた。そして俺たちに向かってきびきびと言う。

「ご飯の準備しておくから、あなたたち、お風呂入っちゃいなさい」

「じゃあ天舞くんが先に」

「僕はあとでいい。文が先に入ってくれ」

「えー、天舞くんが入ってよ」

「文が先だ」

いやいやそちらが先に、と俺たちが結論を出せずにいると、痺れを切らした母さんが珍しく声を荒げた。

「あーもう！　風邪ひくから譲り合ってないで二人で入ってきなさい！」

「え！」

とんでもない提案に、思わず大きな声が出た。隣の天舞くんもあんぐりと口を開けている。

天舞くんと二人で、お風呂。

そんなの絶対にまずい。

だって俺たちはお付き合いをしてキスまで済ませている関係だ。それなのに二人きりで裸になって密室にこもってこいなんて、母さんはなんて残酷なことを言うんだろう。まあ、母さんは何も知らないから仕方のないことではあるけれど。

「い、いやそれは……」

「何モゴモゴ言ってんの。いいから行きなさい。天舞くんもね」

「はい……」

母さんの剣幕に押されて、俺も天舞くんも従うしかなかった。母さんは普段優しいぶん、そうと決めたらてこでも動かない頑固さがある。

天舞くんを見ると、一瞬目が合ったけれど逸らされてしまった。唇が変な形になっている。

「は、入ろっか……」

こくりと頷いた天舞くんの顔が赤くて、俺はそれ以上何も言えなくなった。

うちの脱衣場は、ぎりぎり二人が入れるくらいの広さがある。が、広さがあったからといって緊張感が和《やわ》らぐはずもない。

「…………」

「…………」

俺と天舞くんは、背中合わせになったまま押し黙っていた。俺だって寒いし、天舞くんも寒いだろう。

それにここから逃げ出しても、きっと母さんに「二人で入ってきなさいって言ったでしょう」と連れ戻されるのは目に見えていた。

なんてこった。

つまり天舞くんと一緒にお風呂に入らない限り、ここからは出られない。それなら。

「俺っ、先に入ってようかな！」

こういうのは勢いだ。さっと入ってさっと上がればいい。

わざとらしく大きな声で言って、俺は素早く服を脱ぎ始めた。

その途端、天舞くんが「はわ」と声を漏らして顔を手で覆ったので、俺も急に恥ずかしくなってくる。でも今更脱いだ服を着るわけにもいかない。

天舞くんがこちらを向いていないのをいいことに、俺は思いきって下着も脱いだ。自分の家の脱衣場でこんなに恥ずかしく、かつ心細くなったことってない。

「天舞くん。あの、タオルとか、そこにあるの勝手に使ってくれていいから」

「わ、わかった」

天舞くんの声は上擦っていたけれど、俺だって人のことは言えなかった。俺は緊張したまま棚から手拭いを取り、腰に巻く。せめてもの抵抗というやつだ。

「お先でーす……」

「ああ」

「へへ……」

何が「へへ」だよと自分に突っ込みつつ、なんとも言えない空気の中俺は引き戸を開けた。風呂場へ足を踏み入れると、全身が温もりに包まれる。

入浴剤で白く濁った湯船から湯気が上がっていた。もちろん、身体を隠してくれるような湯気の量ではない。

「う〜……」

とにかくやるべきことをやって、一刻も早くここから脱出しないと。

腹を決めた俺は、シャワーからお湯を出して頭を洗った。シャンプーは適当。これまで生きてきた中で一番早く洗い終わり、俺は続いて石けんを手に取った。これまたさっさと身体を洗って、そそくさと湯船に入る。

天舞くんと二人きりになりたい、といつも願ってはいたものの、さすがに服のない状態で二人きりになることは想定していなかった。

どうしよう。

天舞くんはこのまま入ってくるのかな。

身体が凍えているだろうから早く温まってほしいけど、かといって裸で二人きりになるのは非常に困る。

だって、俺は天舞くんが好きなんだ。

天舞くんが近くにいるだけで心臓がうるさくなるのに、裸なんて見てしまったら呼吸の仕方を忘れてそのまま倒れるんじゃないだろうか。

しかしそのとき、覚悟を決めたような天舞くんの声が聞こえた。

「文、入るぞ」

「え！」

嘘でしょ、と思う間もなく引き戸が開いた。

俺は咄嗟《とっさ》に顔を背けた。まだ全然心の準備ができていない。

そして気のせいでなければ、いや、気のせいのはずがないんだけれど、天舞くんが視界の隅に裸で立っている。肌色が多い。俺はパニックに陥った。

「シャワーを借りるぞ」

「あ、うん、ど、どうぞ！」

真横を向いたまま、天舞くんがシャワーに手を伸ばすのを気配で察する。

ほんの少し魔が差してちらりと天舞くんを見ると、腕だけが見えた。肌の白さにどきりとした。

――天舞くん、服を着てない！

当たり前のことなのに、俺は激しい衝撃を受けていた。

じっくり見る度胸はないけれど、視界の隅にちらちら肌色は入り込んできてしまう。夢に出るかもしれない。いっそこのまま湯船の中に沈みたい。

動揺した俺は、視線を逸らしながら半端な笑みを口元に浮かべて言った。

「て、天舞くん」

「うん」

「お、俺、すぐに出ていくから。ていうか、もう上がるね」

本当にもうギブアップです、と胸の中で呟いて、腰に手拭いを巻いたまま立ち上がる。そのまま湯船から出たけれど、顔を上げられるはずもなかった。

「お風呂、一緒っていうのはね……まずいし」

ぼそぼそと言い訳をしてみたものの、天舞くんからの返事はない。気まずい。

そしてなんというか……視線が痛い、気がする。

いつものちょっと奥手な天舞くんなら、慌てて「そっ、そうだな！」と返してくれるはずなのに。

天舞くんも俺が初めての恋人だって言っていたし、キスをするときだって照れているのが伝わってくる。

だからこんな状況からは早く脱却したいはず、と俺は思っていた。

「じゃあ、お先に」

天舞くんをなるべく見ないよう、引き戸に手をかけた。やっぱり、背中に視線が刺さっている。シャワーのお湯が床を叩く音と、風呂場を満たす湯気。

俺の後ろで、天舞くんがシャワーのお湯を止めたのがわかった。

「そんなの、もったいないだろう」

「へっ」

掠れた声とともに、俺の肩に天舞くんの掌が乗った。親指で肌を撫でられて、俺はますます動けなくなる。

天舞くん、何してるんだよ。

もったいない、って何。

「え、あの、その」

「文」

これ以上ないほど優しく名前を呼ばれた。俺の肩に乗った天舞くんの手が離れ、ほっとしたその瞬間だった。

「文のここ、ほくろがあるんだな」

「ひ」

つう、と肩甲骨《けんこうこつ》の間を撫でられて、俺は悲鳴を上げた。風呂場だから無駄に声が反響する。

慌てて口を押さえたところで、時間は巻き戻らない。

後ろから、耳元でそっと囁かれる。

「知ってたか？　ここにほくろがあるって」

「し、知らない……背中、見えないし」

答える声が震えた。天舞くんは楽しそうに笑って、今度は後ろから手が伸びてきた。長い指が俺の頬にかかった髪を耳にかける。

なんですか、その技は。

俺の口からは、「あわわ」と間抜けな声が出た。

距離が近い。天舞くんの声がいつもよりも大人っぽく聞こえる。軽く触れられただけなのに、「どうしよう」で頭がいっぱいになって微動だにできなかった。

天舞くんが笑いを含んだ声で言う。

「いつもは文にやられっぱなしだからな」

「そ、そんなことは、ないと思うけど」

「そんなことはある」

言われてみれば俺からキスをすることも多い気がする。でもそれは天舞くんが俺に気を遣いすぎるからで、俺だって恥ずかしいのを抑えて誘っているのに。

天舞くんの掌が、俺の肩から腕をなぞるように撫でた。身体の奥にぞくぞくした感覚が走って、俺は反射的に声を上げた。

「お、俺、もう上がるから」

「だめだ」

低い声で言われて振り返ると、少し見上げたところから、天舞くんのきれいな瞳が俺を見ていた。呼吸が止まる。

「文」

この眼差しを向けられて、天舞くんを拒める人間なんているんだろうか。

腕を掴まれて、引かれるままに天舞くんと向き合う。腰に手拭いを巻いておいて本当によかった。

そしてこの至近距離に耐えうる天舞くんの顔立ちのよさが、今は憎らしい。

「天舞、く……んっ」

だめだよ、と言う前に唇が重なって、俺の頭の中はばちばちと弾けた。キスだ。こんな状況で。

天舞くんが身体を寄せてきて、その掌が俺の頬を撫でる。

これまでにないくらい近づいて、胸と胸が触れ合う。隔てるものは何もない。天舞くんのしっとりと湿った肌の感触にぞくぞくした。皮膚が触れ合うのって、こんなに温かいのか。

「ん……！」

本当の本当にだめだって、と思うのに、天舞くんの舌が入ってきたら何も考えられなくなった。

温かいと熱いと暑いが全部混ざり合い、どうしたらいいのかわからなくて天舞くんの腕にすがりつく。酸素を取り込むのに精一杯だった。

「文」

息継ぎの合間に名前を呼ばれた。呼ばれただけなのに、頭の芯が痺れるみたいだった。

油断したらこのましゃがみ込んでしまいそうだ。俺は天舞くんの胸を押した。

「天舞くん、待って」

「待たない」

なんでだよ、と言い返す暇も与えられずまたキスをされた。柔らかくて、けれど俺が知っているよりも熱い感触。俺の頬を包む手つきが優しい。

まぶたを閉じることもできなくて、唇が離れたその瞬間、否が応でも天舞くんと目が合う。

「う……」

どうしよう。

俺の彼氏、泣きたいくらいにかっこいい。

「わ、ちょっと、天舞くん」

天舞くんが俺の背中に手を伸ばして、肩甲骨の間をするりと撫でた。俺には見えないほくろがあるところ。顔が熱くて死にそうだった。

鼻先が触れ合う。天舞くんの目が細くなった。

「文はかわいいな」

「かわいくない」

「僕が保証する」

「保証しなくていい」

納得がいかなくて小さく唸ると、なだめるように頬にキスをされた。続いておでこにも。

全部が優しくて、好きだって言われているみたいでたまらなくなった。

でもこれ以上ドキドキしたら、俺の心臓が飛び出てしまう。

「……みんな、いるんだから。だからこれ以上はやだ」

このまま流されてしまいたい、という気持ちと、今ここでこんなのはだめだ、という気持ちがぶつかってぐちゃぐちゃになる。

天舞くんはしばし黙ってから、ぐっと顔を近づけて、言った。

「じゃあみんながいないときなら、これ以上もしてもいいってことか」

「え？」

「手を出してもいいって、文も言っただろ」

その言葉を呑み込むのには時間がかかった。

天舞くんのこめかみを汗が伝っていく。その様子すらもきれいだ、と俺は見当外れなことを考えた。

「文」

念押しするみたいに名前を呼ばれる。

さっきまで寒くて仕方がなかったのに、俺はすっかりのぼせそうだった。

天舞くん。君はなんてことを聞いてくるんだろう。

でも、答えを返したい。

俺だって、天舞くんのことをもっと知りたいから。

そう思って俺は口を開いた。しかし。

「文！　天舞くん！　ここに着替え置いとくわよ！」

突然脱衣所に母さんの声が響き渡り、俺たちは弾けるように距離を取った。

もちろん視線は逸らした。あまりにも刺激が強いので。

母さんはすぐに立ち去ったようで、バタバタという足音だけが残された。

そう。今この家には、俺の家族みんながいる。

「あ、あとで！」

俺は母さんの襲撃に便乗して風呂場を出た。天舞くんを置きざりにすることにはなるけれど、このまま二人でいるのは危険すぎるからだ。

「はあ……」

引き戸をピシャリと閉めて、そっとため息をつく。顔が熱い。きっと真っ赤になっていると思う。

「……ちゃんと温まってきてね、天舞くん」

弱々しい俺の声が、天舞くんに届いたかどうかはわからない。

けれど天舞くんにあちこちに触れられた感覚は、いつまでも消えなかった。

「僕なりに頑張ってみた。さっきの」

波乱の入浴を終えて夕食を取ったあと、俺と天舞くんは台所で並んで皿洗いをしていた。近ごろは母さんも遠慮がなくなって、こうして天舞くんを鐘月家の戦力だと思っているふしがある。

さっきの、と言われて俺はすぐに風呂場の一件を思い出した。首から上がじわじわと熱くなってくる。

よく見れば、天舞くんの頬も赤かった。今になって照れている。

「どうだった？　文」

「どうだったって」

「たまには僕も積極的にいかないとな、と思ったんだ」

なにも裸のときに積極性を出さなくても、と苦笑いしそうになったけれど、天舞くんの気持ちが嬉しかった。だから俺は正直に答える。

「……かなり、破壊力がありましたけど」

「よし！」

「よし、じゃないよ。びっくりしたじゃん」

「僕だって死ぬほどドキドキした」

肩をぶつけ合って笑う。泡が跳ねて袖が濡れた。どうしてくれんの、と怒ったふりをしてみせると、天舞くんは笑って謝ってくれた。

天舞くんからは俺と同じシャンプーの香りがしていた。こういうのっていいな、とくすぐったい気分になる。

散々動揺させられた仕返しに、俺はわざと天舞くんを肘で小突いて言った。

「ねえ。さっきの答えだけど」

「さっきの？」

天舞くんはあまりぴんと来ていないようだった。

もしかしたら、天舞くんも俺が考えている以上に緊張していたのかもしれない。

あえて目をじっと見て、言ってやる。

「みんながいないときなら、いいよ。俺は」

天舞くんの手から皿が滑り落ちそうになったのを見て、つい笑ってしまう。

天舞くんは耳まで真っ赤になっていた。

「ま、また文に負けた……！」

「勝ち負けとかないと思うけど」

どちらからともなく笑い合う。

食器のぶつかる音。おそろいの匂い。大好きな俺の彼氏。

俺は今晩、きっと天舞くんの夢を見るだろう。

そして天舞くんも、できれば、俺の夢を見てくれたらいいな。

END

あとがき

はじめまして。サブローと申します。

普段からBLばかり書いています。お寿司で好きなネタはえんがわ炙《あぶ》り、苦手なことは洗濯と掃除です。

このたび、スターツ出版さまとのありがたいご縁により『今日も放課後、遠まわり』を刊行していただける運びとなりました。

編集部の皆さまの大海のごとく広い懐に甘えまして、「大丈夫かな……⁉」と思うくらい自由にのびのびと書かせていただきました。改めて、ありがとうございます。

自分の中にだけ考えの軸を持っている天舞くんと、周りの人の中に考えの軸を持っている文くん。自分とは全く違う相手と出会うことで「自分らしいって何だろう?」と考え、成長していく二人が書きたいな、と思い、彼らが生まれました。

普段は自信満々なのにいざというときに及び腰になってしまう天舞くんと、のんびり屋さんでありながらやるときはやる文くん。執筆中もとても楽しかったです。彼らはこれからも仲良くドタバタとお付き合いをしていくでしょう。

たとえ自分を取り巻く環境がぐるりと変わってしまっても、自分なりにひたむきに生きていれば、必ず誰かが味方になってくれるんじゃないかな、と常々思っています。そんな優しい世の中であってほしいという願いも込めて。

いつかまた、皆さんの生活の隅にお邪魔できるような作品が書けたら嬉しいです。

二〇二五年四月二十日　サブロー

サブロー先生へのファンレター宛先
〒104-0031　東京都中央区京橋1-3-1　八重洲口大栄ビル7F
スターツ出版（株）　書籍編集部気付　サブロー先生

今日も放課後、遠まわり

2025年4月20日　初版第1刷発行

著　者　サブロー　©Saburo 2025
発行人　菊地修一
発行所　スターツ出版株式会社
〒104-0031
東京都中央区京橋1-3-1　八重洲口大栄ビル7F
TEL　03-6202-0386（出版マーケティンググループ）
TEL　050-5538-5679（書店様向けご注文専用ダイヤル）
URL　https://starts-pub.jp/
印刷所　株式会社　光邦
イラスト　さがみしか
デザイン　フォーマット／名和田耕平デザイン事務所
カバー／名和田耕平＋小原果穂（名和田耕平デザイン事務所）

この物語はフィクションです。
実在の人物、団体等とは一切関係がありません。
※乱丁・落丁などの不良品はお取替えいたします。
上記出版マーケティンググループまでお問い合わせください。
※本書を無断で複写することは、著作権法により禁じられています。
※定価はカバーに記載されています。

ISBN　978-4-8137-1733-1　C0193　Printed in Japan

この恋、ずっと見守りたい！
BeLuck文庫 好評発売中!!

並外れた容姿と自信家な性格のせいで友達が少ない天舞《てんま》は、家の事情でド田舎の高校に転校することに。ある日、同級生の文《ふみ》に、かっこわるい瞬間を目撃されてしまう。笑うどころか“ふたりだけの秘密”にしてくれた素朴で優しい文に、天舞は急激に惹かれていく。「いつの間にか、君が僕の特別になった」そのままの自分を受け入れてくれる文への愛が重すぎる天舞に、ピュアすぎる文は…「好きだから、ひとりじめしたい」♡都会育ちの完璧美少年×のんびりピュア男子のほのぼのきゅんラブ！

ISBN:978-4-8137-1733-1　定価：792円（本体720円＋税）

この恋、ずっと見守りたい！
BeLuck文庫 好評発売中!!

高２の一颯《いぶき》は平凡な高校生。…おじさんに付き纏《まと》われるという謎の体質を除いては。ある夜、高校の後輩でバイト先も同じ塩対応モテ男子・瀬《せ》尾《お》にその体質がバレてしまった！　バカにされるかと思いきや、ある目的が一致しまさかの偽装恋人関係に⁉　偽装なのに、瀬尾はおじさんを追い払い真剣に悩みを聞いてくれて…。「先輩にだけだよ。こんなことするの」「俺、先輩の彼氏だよ」——それって本気？　俺の勘違い？　徐々に独占欲が高まる瀬尾にキュンが止まらない激カワBL♡

ISBN:978-4-8137-1732-4　定価：814円（本体740円＋税）

この恋、ずっと見守りたい！

BeLuck文庫 好評発売中!!

高校生の八重沼《やえぬま》奏《かなで》は、容姿が美しすぎるせいでぼっちな日々を送っていた。趣味の糠《ぬか》漬け作りに没頭しながらも寂しく感じていたある日。同級生の爽やかモテ男子・二宮《にのみや》と選択授業で知り合い「友達になろうよ」と言われ…。戸惑いつつも、奏は二宮の明るさにすぐに心を開く。一方、人間関係に疲れていた二宮も、奏ののんびりした性格に癒やされ惹かれていき――「八重沼の前だけだよ、こんなの」「もう、なんっにも格好つけられない…」二宮の余裕ゼロな本音で友情は形を変えて⁉♡

ISBN:978-4-8137-1706-5　定価：803円（本体730円＋税）